KB058810

오늘은 좋아하는 걸 해도 돼.

시모츠키는 엑스트라를 좋아한다

야가미 카가미
일러스트 Roha

2

나카야마 코타로
Kotaro Nakayama

"료마는 이 작품 최고의 쓰레기잖아?
더 불행해지지 않으면…… 이 말을 할 수 없는걸."

메리 찌기 스토리에 요구하는 것.

"쌤통이다──라고."

그것은 지독하게 뒤틀린 카타르시스 였다.

메리 파커
Mary Parker

목차

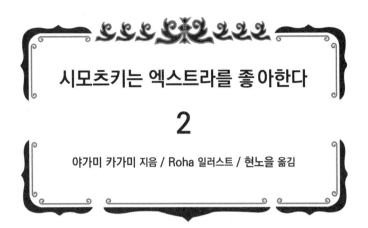

시모츠키는 엑스트라를 좋아한다

2

야가미 카가미 지음 / Roha 일러스트 / 현노을 옮김

소미미디어

컬러, 본문 일러스트 | Roha

❋ 몰락한 하렘 주인공의 독백

이렇게 될 리가 없는데.

"젠장."

무의식중에 욕설이 새어나갔다. 요즘은 내내 기분이 최악이다.

아침, 해가 뜬 지 얼마 지나지 않은 시간대임에도 나는 밖을 걷고 있었다.

최근에는 잠을 제대로 못 자고 있다.

아무것도 하지 않아도 짜증이 치밀기 때문에 산책이라도 하면서 기분전환을 하려고 했지만, 그래도 역시 머릿속에는 그때의 광경이 떠올라 속이 부글거렸다.

'시호…… 왜 내가 아닌 거야.'

숙박 학습 때 무대 위에서 소꿉친구인 시모츠키 시호에게 고백했고, 차였다.

그녀가 선택한 건 어디에나 있을 법한 평범하고 눈에 띄지 않는 같은 반 학생이었다.

그로부터 벌써 약 석 달이 지났다.

그런데도 그때의 광경이…… 나카야마의 비웃음이 지금도 잊히지 않았다.

"웃지 말라고."

그런 일은 있어선 안 된다.

나는 겨우 그 녀석 같은 인간이 내려다볼 수 있는 존재가 아니다.

얼굴도, 성적도, 운동 신경도 전부 내가 나카야마보다 더 뛰어나다.

나와 비교하면 나카야마는 아무런 특징도 없는…… 그냥 '엑스트라' 같은 존재다.

그런데도 나는 그 녀석에게 열등감을 느끼고 말았다.

요즘은 그것 때문에 계속 기분이 엉망이었다.

어떻게 해야 나카야마의 비웃음을 잊을 수 있을까?

그런 생각을 하고 있을 때였다.

"멍!"

짖는 소리가 들려서 반사적으로 고개를 들자 개가 보였다.

"멈춰~!"

"……어?"

그리고 이번에는──눈앞에 한 여성이 차에 치일 것 같은 상황이 보였다.

주인인 걸까? 개를 쫓아가느라 정신이 산만해진 건지…… 차가 다가오고 있는 걸 눈치채지 못했다.

이대로는 치인다.

『어차피 너는 구하지 못하겠지.』

눈으로 확인한 것과 동시에 머릿속에서 나카야마가 나

를 비웃었다.

그 순간에는 이미 뛰쳐나간 뒤였다.

"위험해!!"

태클을 날리듯 여성을 안고 반대쪽 도보로 몸을 던졌다.

"윽!!"

한발 늦게 차가 나와 여성의 뒤쪽을 지나갔다. 반사적으로 움직인 덕분에 그녀를 구할 수 있었던 모양이다.

"으윽……!"

뛰어든 탓에 땅바닥에 몸이 부딪쳐서 팔꿈치, 팔, 등, 다리, 온갖 곳이 아팠지만 전부 가벼운 찰과상 수준이다. 내몸이 쿠션이 되어 여성도 지켜냈으니, 이 정도면 아무도 뭐라고 못하겠지.

나카야마의 비웃음도 머릿속에서 사라졌다.

다행이다……. 다시는 나오지 마. 짜증 나니까.

"저기…… 구해줘서 감시합니다…… 감사합니다, 던가?"

그제야 내가 구한 여성의 목소리가 들렸다.

"하지만 가슴을 만지는 건 조금 나쁘지?"

억양이 뻣뻣한 일본어와 금색 머리카락, 그리고 몹시 부드러운 감촉에 그녀가 일본인이 아니라는 걸 깨달았다.

시호처럼 외국인의 피가 흐르는 소녀였다. 뭐, 시호는 혼혈일 뿐이고 일본인이지만.

"미안해. 하지만 구해줬으니까 이 정도는 관대하게 봐줘."

몸을 떼고 일어나자 그녀도 끌려오듯 일어났다.

"쏘리♪ 우리 강아지가 갑자기 달려서 그만 나도 달렸더니 차에 치일 뻔했나 보구나! HAHAHA!"

죽을 뻔한 사람치고는 쾌활하다.

무슨 표정으로 웃고 있나 궁금해서 고개를 들자…… 그곳에는 믿어지지 않을 만큼 미녀가 있었다.

"——!"

숨이 멈췄다. 할리우드 영화에 나와도 이상하지 않은 수준의 미녀가 눈앞에서 웃고 있었다. ……나도 모르게 다리가 풀릴 뻔했다.

어쩌면 시호보다 더 아름답다고 표현해도 될 정도로 절세 미녀다.

……문득 생각했다.

예를 들어 시호보다 더 예쁘고 귀여운 여자를 손에 넣게 된다면 내가 나카야마보다 위라는 걸 증명할 수 있지 않을까?

만약 이 여자와 사귀게 된다면…… 나카야마에게 느끼는 이 열등감이 사라지는 건 아닐까?

그것을 깨닫자 몸에서 활력이 솟구쳤다.

"어라? 갑자기 멍하니 있다니, 왜 그래?"

"아니…… 아무것도 아니야. 우선 무사해서 다행이야."

웃으면서도 그녀에게는 보이지 않도록 주먹을 움켜쥐

었다.

『너는 항상 네 생각밖에 못 하는구나.』

뇌리에 나카야마의 목소리가 울렸지만 그건 무시하고 중지를 치켜세웠다.

두고 보라고⋯⋯. 내가 너보다 격 위의 인간이라는 걸 제대로 증명해주마.

나카야마, 이겼다고 생각하지 마.

나는⋯⋯ 류자키 료마는 아직, 끝나지 않았어──.

제1화
❄ 추가 히로인?

여름방학이 순식간에 끝났다.

2학기 첫날. 나, 나카야마 코타로는 약 한 달 만에 교문을 통과했다.

9월이 되었다고는 해도 아직 더위는 건재하다. 주변에서 걸어가는 학생들은 여름방학 전과 다름없이 와이셔츠 차림이 대부분이었다.

그래서 긴소매를 입은 그녀는 복장만으로도 꽤 눈에 띈다.

그런데다 색소 옅은 은발에 맑은 하늘색 눈동자라는, 일본인 같지 않은 외모를 지녔으니 자연스럽게 학생들의 시선을 끌어모으고 말았다.

그냥 걷기만 해도 넋을 놓고 쳐다보게 될 만큼 특별한 소녀.

그런 아이가 지금 나를 향해 손을 붕붕 흔들고 있다.

"잠깐만~ 기다려!"

심지어 같이 걷고 싶은 건지 다가온다.

"아, 안녕…… 시모츠키."

여름방학이 끝나고 머리가 몽롱했던 걸까.

무심코 예전처럼 그녀를 부르고 말았다.

"그래, 안녕. 인사를 한 건 장하지만 잘못 불렀어."

그런 나를 보며 그녀는 장난기 있게 웃었다.

"평소처럼 나를 제대로 불러줘."

무언가를 기대하는 듯한 눈이 나를 똑바로 바라본다.

그 마음에 부응하듯이…… 이번에는 제대로 그녀를 불렀다.

"안녕——시호."

그러자 그녀는 붉게 물든 뺨을 숨기듯이 눌렀다.

"으, 응……. 아직 이름으로 부르면 입꼬리 간수가 안 되네. 안녕, 코타로."

숙박 학습 때, 우리는 서로를 성이 아닌 이름으로 불렀다.

그 후로 그녀는 '시모츠키'라는 거리감이 느껴지는 호칭으로 불리는 걸 싫어했다.

덕분에 지금은 완전히 이름이 익숙해졌다.

"아침부터 코타로와 만나서 좋다. 오늘은 좋은 하루가 될 것 같아."

"응. 시호 덕분에 오랜만에 받는 수업도 열심히 들을 수 있을 것 같아."

"그래, 화이팅! 나는 방과 후를 위해 잠을 자 둘까……. 어제 신작 게임이 나와서 학교 끝나면 서둘러 이어서 해야 하거든."

"아니, 그건 조금……. 또 시험 앞두고 울려고?"

"울면 어차피 코타로가 위로해줄 거니까 괜찮아."

나란히 걷는 그녀와 보폭을 맞췄다.

시호는 교실에 도착할 때까지 계속 재잘거렸다.

1학기 초반 같은, 과묵하고 무표정한 시모츠키는 어디에도 없다.

2학기의 그녀는 미소가 눈부신 수다쟁이 '시호'였다──.

◆

교실에 도착하자 바로 아침 SHR(쇼트 홈룸)이 시작되었다.

"좋은 아침입니다. 네, 오늘부터 2학기네요……. 하아, 여름방학에도 선생님은 결혼하지 못했습니다~. 미팅도 열심히 나가봤는데 뭐가 문제였던 걸까요~. 자, 그럼 공지. 2학기는 문화제가 있는데──."

여름방학이 끝나서 전달 사항이 많은 건지 살짝 말이 빨라진 스즈키 선생님의 이야기를 들으면서도 의식은 다른 방향에 붙들려 있었다.

'류자키는…… 오늘도 얌전해 보이네.'

창가 맨 뒷자리. 소위 주인공 자리에는 여느 때처럼 류자키 료마가 앉아있다. 오늘도 부루퉁한 듯 창밖을 바라보고 있다.

숙박 학습 이후로 류자키는 계속 저런 식으로 무기력했다. 나한테는 그게 좋으니까 앞으로도 얌전히 지냈으면 좋겠다.

'유즈키와 키라리는 여전하구나.'

서브 히로인 두 명은 전과 다름없이 걱정되는 듯 류자키를 힐끔거렸다.

요즘 두 사람은 류자키와 관계가 썩 순탄하지 않은 건지 안색이 어둡다. 이것도 변화의 일부이긴 할 것이다.

그리고 가장 큰 변화라고 한다면.

'아즈사는 결국 오늘도 못 왔어⋯⋯.'

아마 아직 집에서 자고 있을 의붓동생은 2학기가 되어도 학교에 오지 않았다.

류자키에게 차인 뒤 그녀는 눈에 띄게 기운을 잃어버렸다. 1학기 후반에는 학교에도 가지 않고 집에 틀어박히고 말았다.

기운을 되찾았으면 좋겠지만⋯⋯ 지금은 아즈사를 가만히 지켜보는 중이다.

또 언젠가 다시 일어날 기력이 돌아왔을 때 힘이 되어줄 수 있다면 좋겠다.

⋯⋯⋯⋯돌이켜 보니 1학기엔 일이 많았구나.

정말로——많은 일이 일어났고, 변했다.

입학식 때는 한때 사이가 좋았던 의붓동생, 친구, 소꿉친구와 소원해졌다.

　그 애들은 하렘 주인공 류자키 료마에게 마음을 주고 서브 히로인으로서 학교생활을 보내게 되었다.

　한편 나는 '엑스트라'로서 우울한 학교생활을 보냈다.

　그런 때 시모츠키 시호를 만났다. 류자키의 러브 코미디에서 메인 히로인이라는 포지션이지만 그녀는 나와 친구가 되어주었다.

　그리고 류자키의 하렘 러브 코미디는 메인 히로인을 잃고 붕괴했다.

　한편 '나카야마'와 '시모츠키'는 '코타로'와 '시호'라고 부르는 사이가 되었다. 앞으로 천천히 시호와의 관계를 진전시켜서…… 언젠가 더 깊은 관계가 되기를 바란다.

　류자키의 러브 코미디는 이미 끝났다. 그러니까 조급해하지 않아도 된다.

　그렇게 생각했지만…… 아무래도 나는 착각했던 모양이다.

　류자키 료마의 스토리는 확실히 끝났다.

　하지만 그건 '일시적'인 끝에 불과했다.

　"음, 대충 이 정도? 조금 길어졌지만, 공지는 이걸로 끝입니다. 그리고, 어…… 슬슬 올 때가 됐는데~."

　스즈키 선생님이 시계를 확인한 순간 교실 문이 벌컥 열렸다.

"헬로♪ 메리 씨 등장! 미국에서 왔지만, 일본어는 말할 수 있으니까 다들 잘 지내줘☆"

금발 벽안에 화려한 인상인 여자아이가 교실에 들어왔다.

동시에 교실에 있는 모두가 이렇게 생각했을 것이다.

예쁘다──.

게다가 평범한 '예쁨'이 아니었다.

시선을 빼앗아버릴 만큼 글래머한 몸매도, 인공적으로는 만들어낼 수 없을 법한 투명감이 느껴지는 금발도, 눈처럼 새하얀 피부도 전부 평범함의 범주를 가볍게 뛰어넘었다.

마치──시모츠키 시호처럼.

그녀의 외모는 틀림없이 '특별함'으로 분류되는 타입이었다.

"그렇게 됐습니다. 전학생이에요~ 메리 씨는 미국에서 왔으니까 일본에 대해 잘 가르쳐주세요."

"잘 부탁합니다! ……어, 앗!"

그리고 그런 아이가 놀랍게도──류자키를 바라보며 눈을 빛냈다.

"료마?! 이 학교였다니…… 운명이야!"

"어? 메리 씨는 류자키와 아는 사이인가요?"

"예스 ♪ 아침에 차에 치일 뻔했는데 구해줬어!"

"……여, 영화 같은 만남이었네요~."

담임인 스즈키 선생님이 말을 거는데도 메리 씨는 류자키만을 바라보고 있었다.

"료마, 앞으로 잘 부탁해!"

소설 초반부 같은 장면이 눈앞에서 펼쳐지고 있다.

기쁘다는 듯 그에게 달려가는 금발 미녀를 보며…… 나는 불길한 예감을 느꼈다.

'혹시 이거──'히로인 추가'인가?'

스토리의 매너리즘을 피하려고 히로인을 추가해서 '새로운 전개'를 만들어주는 건 흔한 수법이다.

즉 이것이 시사하는 건…… 류자키 료마의 러브 코미디가 다시 시작되었다는 소리였다.

마치, 1권이 끝난 작품의 2권이 시작하는 것처럼──.

◆

메리 파커.

미국에서 태어나 미국에서 자란 유학생. 일본 문화를 좋아해서 어릴 때부터 자주 여행하러 왔다고 한다.

성격은 명랑함 그 자체. 항상 웃는 얼굴이며 에너지가 넘쳐난다. 순수하고 낯가림이 없는 점이 반 아이들에게도 호평이라 전학해 오자마자 금방 많은 친구를 사귀었다.

그녀가 전학해 온 지 일주일이 지났다. 그동안 계속 그녀를 관찰하면서 여러 가지를 알게 되었다.

그건 메리 씨가 역시 평범하지 않은 '특별함'과 '캐릭터성'을 지녔다는 사실이다.

먼저 그녀는 부모님이 자산가라 상당한 부잣집 아가씨인 모양이었다.

"HAHAHA! 료마, 다음에 우리 집에 올래? 넓어서 재밌어!"

소문에 의하면 메리 씨가 사는 집은 믿어지지 않을 만큼 호화 저택인 모양이다.

그리고 운동 신경도 꽤 좋은 듯했다.

"료마, 내 달리기 빨랐지? 미국에서는 이만큼 빠르게 달리지 않으면 총알에서 도망치지 못해☆"

체육 시간, 아메리칸 조크 같은 말을 던지며, 단거리 경주에서 육상부 남학생을 손쉽게 이겼다.

성별의 차이를 능가하는 신체 능력은 '평범'하지 않다.

더불어 그녀는 공부도 대단했다.

"료마, 국어에서 100점 받았어! 나는 역시 천재인가 봐♪"

어려운 고전 문법 문제를 참으로 간단하게 풀며 쪽지 시험에서 만점을 받았다.

그 외 과목에서도 쪽지 시험을 보면 만점이었으니 못하

는 과목이 없는 건지도 모른다.

성격도, 외모도, 집안도, 성장환경도, 운동도, 공부도 전부 다 완벽.

메리 씨는 마치 '만능형 히로인'인 것 같았다.

이건 명백하게 평범하지 않다. 시호와 마찬가지로 구름 위의 존재다.

하지만 딱 하나, 메리 씨에게는 시호와 다른 특징이 있었다.

그건——메리 씨는 명백하게 류자키에게 '호의적'이라는 점이다.

"료마, 오늘도 집에 놀러 가도 돼?"

"응? 그건 괜찮은데, 전학 온 뒤로 계속 오잖아. 그렇게 재밌어?"

"예스♪ 창고 같아서 귀여워!"

"하하. 그야 메리의 집에 비하면 우리 집은 작을 테지만."

"그게 좋은 거야! 좁으니까 이렇게 붙어있을 수밖에 없잖아☆"

"자, 잠깐! 닿는다고……!"

쉬는 시간.

창가 자리에서 메리 씨와 류자키가 러브 코미디의 전형적인 한 장면을 재연하고 있었다.

미국인 특유의 가까운 거리감으로 류자키를 공략하려는

메리 씨. 스킨십도 자연스럽게 많았고 기회가 나면 류자키를 껴안아 댔다.

한편 류자키도 그런 메리 씨의 태도에 기분이 좋아 보였다.

그녀가 오기 전까지는 계속 어두웠는데, 최근 저 녀석은 이전의 모습으로 돌아간 느낌이다. 그런 부활의 징조는 우리에겐 그리 기쁜 일이 아니다.

'또 이상한 일이 일어나지 않으면 좋겠는데…….'

머릿속에서 울리는 목소리에 나는 힘을 주어 고개를 끄덕였다──.

제2화
❄ 나카야마 아즈사의 후일담

류자키와 메리 씨의 동향이 신경 쓰이기는 하지만.

아직 그들의 스토리는 초반의 '일상 파트' 단계인 모양이니 큰 사건이나 이벤트는 당분간 일어날 것 같지 않다.

그래서 우리도 느긋한 시간을 보낼 수 있었다.

토요일. 집에 놀러 온 시호와 거실에서 간식을 먹고 있을 때였다.

"이 푸딩 아주 맛있어! 뭐라고 하지, 그러니까…… 달아!"

"푸딩은 대부분 달잖아?"

"코타로도 먹어봐. 황홀한 기분이 들 정도니까."

"그렇게 맛있어?"

"응! 나는 한 개로는 모자라서 두 개나 먹어버렸어."

"두 개라고?"

눈치챘을 때는 이미 늦었다. 텅 빈 용기가 두 개, 테이블 위에 놓여있다.

한 사람당 하나씩 먹으려고 사 온 건데……. 그 애는 단걸 아주 좋아하니까 엄청 화내겠네.

"아앗! 아즈사의 푸딩이 사라졌어!"

역시나.

오후 3시, 간식 시간이 되어서 방에서 나온 아즈사가 냉장고 앞에서 절규했다.

"어? 큰일이야. 범인을 찾아야 해……!"

"범인이 누군지는 찾을 필요도 없어!"

"그래, 나도 대충 눈치챘어……. 코타로, 아무리 배가 고팠다고 해도 아즈냥의 간식을 먹으면 어떡해."

그렇게 말하며 빈 용기를 하나, 내 쪽으로 미는 시호.

몰래 했다고 생각하는 모양이지만 아즈사의 위치에선 훤히 다 보인 모양이었다.

"거짓말쟁이! 오빠가 아즈사의 간식을 먹을 리 없어. 틀림없이 시모츠키가 먹은 거야!"

범인은 명명백백했다.

"흘쩍, 모처럼 신상이었는데……!"

어지간히 기대했던 걸까.

울상이 되어 침울해하는 아즈사를 보자 아무리 시호라고 해도 죄책감을 느낀 모양이었다.

"아즈냥, 미안해. 사실은 하나 먹었더니 너무 맛있어서 나도 모르게 하나 더 먹어버렸어."

하지만 그 고백은 조금 너무하다고 본다.

"바보 멍청이!"

결국 인내심이 다한 아즈사가 냉장고 앞에서 무릎을 꿇고 머리를 부여잡았다.

시호는 그런 그녀 옆으로 걸어가 머리를 토닥토닥 쓰다

들었다.

"그래그래, 아즈냥. 착하지? 진정해. 그냥 푸딩을 못 먹게 된 것뿐이니까 그렇게 울지 마."

"범인 주제에 위로하지 마! 그리고 아즈냥이라고 부르지 마!"

"싫어. 나에게 너는 아즈냥. 너에게 나는 언니. 알겠니?"

"뭘 알아?! 아즈사에게 시모츠키는 그냥 같은 반 학생일 뿐이야."

"츤데레인 점도 좋아."

"츤데레라고 하지 마!!"

등을 쓰다듬는 시호의 손을 뿌리친 아즈사가 필사적으로 반론했다.

하지만 시호는 반론을 무시하고 하염없이 아즈사를 귀여워했다.

그런 두 사람을 거실에서 구경하고 있으니 그만 웃음이 나왔다.

숙박 학습 이후 아즈사는 한동안 우울해하며 어두운 분위기였다.

하지만 그녀를 밝게 만들어준 사람이 시호였다.

여름방학 동안 그녀는 매일 같이 집에 놀러 왔다. 아즈사도 집에 틀어박혀 있곤 했기 때문에 자연스럽게 두 사람은 얼굴을 보는 일이 많아졌으며…… 덕분에 시호는 아즈사에게 낯가림을 하지 않게 되었고 친근하게 대했다.

"시모츠키는 조금 더 절제라는 걸 배우는 게 좋겠어. 여기는 오빠 집이기도 하지만 아즈사의 집이기도 하다고. 그러니까 집주인을 더 존중해! 아즈사를 더 배려하란 말이야!"

아즈사도 처음에는 마음을 닫고 있었지만, 시호가 너무 집요하게 치대니까 참을 수 없게 된 건지, 어느새 이렇게 말다툼을 할 수 있을 정도로 거리낌이 없어졌다.

오빠로서, 그리고 시호의 친구로서…… 두 사람이 친해진 건 기뻤다.

"애초에 오빠가 제대로 돌보지 않으니까 문제라고!"

이런, 분노의 화살이 이쪽을 향했다.

이대로는 아즈사의 기분이 풀릴 것 같지 않으니까.

"아즈사, 내 푸딩 남았으니까 이거 먹어."

우선 분노의 원흉을 해결해주기로 했다.

내 앞의 푸딩을 내밀자 아즈사는 바로 달려왔다.

"그래도 돼?! 만세! 에헤헤~."

생글생글 웃으며 푸딩을 받는 아즈사. 순식간에 기분이 좋아졌다.

이걸로 문제 해결——인 줄 알았는데.

"비겁해! 아즈냥, 동생이라는 걸 이용해서 코타로에게 어리광을 부리다니……! 코타로가 어리광을 받아줘도 되는 여자는 나뿐이란 말이야."

이번에는 이쪽이 화를 냈다.

시호는 상당히 속이 좁다.

우리가 남매라는 걸 알면서도 질투하는 모양이다.

"따, 딱히 어리광 아니거든? 아즈사는 평소랑 똑같아."

"평소에도 숨 쉬듯이 어리광을 부렸다는 거야? ……치, 치사해!"

"뭐가 치사하다는 거야?! 오빠, 이 사람 역시 이상해."

"거 봐! 그렇게 무슨 일만 있으면 바로 코타로를 의지하려고 하잖아!"

"이, 이건…… 그게…….."

"금지! 동생이라고 해도 내 코타로에게 어리광 부리는 건 금지야!"

"뭐라는 거야! 오빠, 이 사람 엄청 귀찮은데?! 약간 얀데레 기질도 있고, 이 사람이랑 너무 친해지면 안 될 것 같아!!"

미안하다, 아즈사. 이미 늦었어.

아마 시호와 너는 오래오래 알고 지내게 될 거야…… 응.

나는 '힘내'라는 말밖에 못 할지도 모른다──.

◆

그렇게 시간은 순식간에 지나갔다.

"아, 재밌었다! 그럼 엄마가 데리러 온 것 같으니까, 바이

바이!"

"응, 내일 봐. 아무리 신작 게임이 재밌다고 해도 밤새진
말고."

"알아. 새벽 3시에는 잘 끝낼 테니까 안심해."

틀렸다. 전혀 안심할 수 없어⋯⋯. 시호의 어머니에게
기대해야겠는걸.

오후 7시. 현관에서 귀가하는 시호를 배웅했다.

"아즈냥도 바이바이."

"다시는 안 와도 돼."

"쑥스러워하기는, 귀여워라."

"안 쑥스러워!"

내 뒤에 숨어있는 아즈사는 시호에게 계속 으르렁거리
고 있다.

이러니저러니 해도 배웅하러 오는 걸 보면 아즈사도 시
호를 싫어하는 건 아닐 테지만.

"안녕!"

마지막으로 한 번 더 손을 흔든 뒤 시호가 집에서 나갔다.

그녀가 떠난 걸 확실하게 확인한 후 등 뒤에 있던 아즈
사가 간신히 편해졌다는 양 한숨을 쉬었다.

"후우⋯⋯. 어쩐지 피곤해."

아즈사는 휘청거리는 발걸음으로 소파에 걸어가 그 위
에 쓰러졌다.

"고생했어."

"오빠, 목말라."

"그래, 잠깐만……."

위로하는 의미도 담아서 냉장고에서 캔주스를 꺼내 아즈사에게 건네주었다.

아즈사는 그걸 받은 뒤 문득 무언가를 깨달았다는 듯 눈을 동그랗게 떴다.

"아, 혹시…… 이런 걸 '어리광'이라고 하는 건가?"

아무래도 시호에게 들은 말을 떠올린 것 같다.

그 지적은 아즈사에겐 자각이 없던 것을 짚은 모양이다.

주스를 가져다 달라고 하는 것도.

간식을 양보받는 것도.

부탁하면 들어주는 것도.

우울해할 때 위로해주는 것도.

어쩌면 아즈사에게는 당연한 일상이었던 건지도 모른다.

"그렇구나……. 오빠는 그때도 계속 아즈사의 '오빠'였구나."

어딘가 먼 곳을 바라보며 아즈사가 작게 중얼거렸다.

그러더니 캔주스를 테이블에 놓고 이번에는 나를 똑바로 바라봤다.

"미안해."

아즈사가 불쑥 머리를 숙였다.

그 말에는 후회의 색이 묻어났다.

"오빠를 오빠가 아닐지도 모른다고 해서…… 미안해."

──얼마 전의 일이다.

입학식 때 류자키를 만난 아즈사는 나에게 이렇게 말했다.

『오빠는 이상적인 오빠가 아닌 걸까. 아즈사가 찾던 진짜 오빠는…… 료마 오빠인 건지도 몰라.』

어릴 적 아즈사는 친오빠를 사고로 잃었다.

그 사실을 받아들이지 못한 채 '오빠'를 줄곧 찾았던 그녀는 친오빠와 흡사하게 생긴 류자키를 보고 들떠있었다.

그 녀석이야말로 '이상적인 오빠'라고 믿으며 따르게 되었다.

그리고 나는 '이상적이지 않다'고 생각하게 된 건지, 대화도 확 줄어들고 소원해졌었다.

그 사실을 사과하는 거라면…… 그건 조금 잘못된 느낌이 든다.

"아즈사……. 딱히 사과할 필요는 없어. 나는 아즈사에게 '이상적인 오빠'가 아니야. 네가 찾는 오빠는──이제 어디에도 없어."

그런데도 죽은 친오빠를 계속 찾았기 때문에 아즈사에게는 여러 뒤틀림이 만들어지고 말았다.

만약 그녀에게 그렇다는 자각이 없다면.

또 어딘가에서 틀릴지도 모른다——그렇게 불안해졌지만.

"……응, 그래. 오빠는 '오빠'가 아니야. 물론 료마 오빠——아니지, 료마? 도 아니야. 아즈사의 이상적인 오빠는 이미 어디에도 없는 거야."

아즈사는 제대로 성장했다.

쓸쓸하다는 듯, 하지만 그녀는 고개를 숙이지 않고 앞을 바라보며 현실과 마주 보고 있다.

"하지만 아니야. 아즈사는 용서해달라거나, 그런 의미로 사과한 게 아니야……. 그냥, 오빠의 마음을 배신한 걸 사과하는 거야. 용서하지 않아도 돼. 이건 책임을 지는 거니까……."

——아, 그렇구나.

걱정했었지만, 아즈사는 이미 많은 것을 생각하며 정리한 모양이었다.

"심한 말을 해서 미안해. 폐를 끼쳐서…… 걱정 끼쳐서, 미안해."

용서해달라는 게 아니라.

잘못했으니까 사과하는 것뿐.

"그리고 이런 나쁜 동생의 '오빠'로 있어줘서 고마워."

한 번 더 깊이 머리를 숙이는 아즈사.

진지한 태도가 내 가슴을 움직였다. 그녀의 인간적인 성장을 직접 보고 감동했다.

지금의 아즈사에게라면 분명 내 마음도 전해질 것이다.

그렇게 생각해서 제대로 전하고 싶었던 마음을 입에 담았다.

"······실컷 폐 끼쳐도 돼. 걱정 많이 하게 해줘. 가족이니까······. 겨우 그 정도로 화내지 않아."

내가 아즈사의 '오빠'인 것에 감사는 필요하지 않다.

그런 건 당연하니까.

그보다······ 아즈사가 제대로 생각해주길 바라는 게 있다.

"하지만 이 말만은 할게. 아즈사는 너 자신의 진정한 '행복'이 어디에 있는지 생각해야 해. '오빠'에게 얽매이지 말고, 네가 정말로 원하는 걸 제대로 손에 넣을 수 있도록······ 힘내."

이대로 류자키를 계속 좋아할 것인지.

혹은 다른 남자를 좋아하게 되어서 다른 사랑을 할지.

그건 아즈사의 선택에 달렸으니 나는 간섭할 수 없지만.

"전에도 말했잖아? 오빠는 계속 지켜보겠다고."

무슨 일이 있어도 나는 네 편이야.

그렇게 말하자 아즈사의 눈이 불현듯 촉촉해졌다.

"···········윽."

하지만 울지 않겠다는 양 눈을 비비며 굳세게 나를 보았다.

전에…… 류자키에게 차였을 때처럼 오열하지는 않는다.

강해진 아즈사는 이제 괜찮다.

"오빠…… 아즈사, 머리 자를래. 가위 어디 있더라?"

그리고 그녀는──트윈테일로 묶었던 머리끈을 풀었다.

어릴 때부터 계속 같은 헤어스타일이었지만, 그것도 오늘까지인 모양이다.

"에잇."

싹둑, 긴 머리카락을 자른다.

그 순간──아즈사의 멈춰있던 시간이 움직이기 시작한 느낌이 들었다.

트윈테일이던 아즈사는 마치 초등학생처럼 어렸다.

앳된 이목구비는 지금도 마찬가지지만, 분위기가 바뀐 느낌이 들었다.

"좋아, 이걸로 끝."

스스로 자르는 바람에 삐뚤빼뚤하다.

하지만 아즈사는 아주 후련하다는 얼굴이었다.

많은 속박의 굴레를 끊어낼 수 있었던 모양이다.

"아즈사, 내일부터 학교 갈게."

은둔의 시간도 끝을 맞이한 모양이다.

그렇다면 오빠로서 응원하지 않을 수는 없다.

하지만 그 전에.

"……그럼 머리카락, 좀 더 다듬는 게 낫겠다. 어째 자시

키와라시*같아."

반듯하게 길이를 맞춘 앞머리와 짧은 뒷머리가 초등학교도 못 들어간 어린아이를 연상하게 했다.

"그럼 오빠가 어떻게든 해줘."

그렇게 말하며 이번에는 나에게 전부 던져버리려는 아즈사.

미숙함을 정리하기는 했지만 집에서 어리광을 부리는 건 그만두지 않을 모양이다.

"……해 보긴 하겠지만, 너무 기대하진 마라?"

그런 아즈사를 나는 받아들였다.

뭘 해도, 어떤 심한 대우를 받아도, '가족'이라는 인연은 쉽게 끊을 수 없다.

나와 아즈사는 무슨 일이 있어도 남매다.

그러니 그녀는 앞으로도 계속…… 이렇게 무슨 일이 있으면 부탁하겠지.

나도 이러니저러니 해도 어리광을 받아줄 것이다.

왜냐하면 그게 남매니까——.

◆

다음 날, 아즈사는 웬일로 나와 같이 등교했다.

*일본의 민간 설화에 등장하는 요괴. 어린아이의 모습을 하고 있으며 행운을 가져다준다고 한다.

같이 집을 나와서 버스를 탔다. 당연히 옆자리였다.

"오빠, 어쩌지……. 왠지 긴장돼. 아즈사 이상하지 않아? 머리카락 안 웃겨?"

"코케시*같긴 하지만, 어떻게든 되겠지."

결국 자시키와라시라는 이미지는 없애지 못했다.

"으으…… 오빠가 실력이 나빠서 그래."

"그러니까 미용실에 가는 게 낫다고 했잖아."

"하, 하지만 외출하는 건 귀찮았다고……."

그렇게 잡담하기를 잠시.

버스에서 내리자 아즈사는 나에게서 슥 떨어졌다.

"……좋아. 오빠, 같이 등교해줘서 고마워. 덕분에 용기가 났어! 그럼 아즈사는 먼저 갈게."

그녀는 손을 흔들고 달려갔다.

나에게 기대지 않고 제 발로 나아간다. 그건 즉, 학교 문제는 자기가 어떻게든 하겠다는 의사표명으로도 보였다.

그러니 류자키 일은 손을 대지 않아도 괜찮겠지.

그런 생각을 하며 아즈사의 몇 미터 뒤를 걸어갔다.

그리고 교실에 들어가자——그때는 이미 류자키가 아즈사에게 말을 걸고 있었다.

"아즈사?! 드디어 학교에 왔구나……. 연락해도 답장이 없어서 걱정했어. 그나저나 갑자기 헤어스타일도 바꾸

---

*일본의 토호쿠 지방 특산물로, 어린 여자아이의 모습을 본뜬 목각인형.

고…… 무슨 일 있었어?"

등교하자마자 그녀는 고비를 맞았다. 창가 자리에서 류자키네와 대화하고 있다.

"오, 오랜만이야. 몸이 좀 안 좋아서 쉬었던 것뿐이니까, 이제 괜찮아……."

아즈사는 조금 긴장한 것 같았지만 어떻게든 대답하고 있었다.

'힘내.'

마음속으로 응원을 보냈다. 나도 내 자리에 가방을 내려놓은 뒤 자연스럽게 창가 쪽으로 다가갔다.

교실 뒤쪽 벽에 붙은 게시물을 읽는 척하며 아즈사의 시야에 들어가도록 위치를 조절했다. 그러자 아즈사가 한순간 이쪽을 보았다.

그 뒤부터였다.

아즈사에게서 눈에 띄게 긴장이 사라진 건, 내가 여기에 있다는 걸 아즈사가 깨달았기 때문이었다.

"후…… 으음, 걱정 끼쳐서 미안해. 이제 씩씩해!"

생긋 미소 짓는 아즈사. 웃을 여유가 생겼다면 이제 괜찮겠지.

"아즈, 잘 돌아왔어~! 나 기다렸다고."

"아즈사 씨, 건강해졌다고는 해도 무리하면 안 돼요. 아팠던 뒤이니까요."

키라리와 유즈키도 아즈사의 복귀를 기뻐하는 것처럼 보였다.

"하지만 무리하지 않으면 안 될지도~? 아즈가 없는 동안 나와 유즈는 한 발짝 앞서갔으니까."

응? 아니, 좀 다르네.

유즈키는 순수하게 아즈사의 회복을 기뻐하는 것처럼 보이지만.

키라리 쪽은 라이벌이 복귀해서 안도하는 것처럼 느껴졌다.

"아즈가 없는 동안 내가 이겨도 뒷맛이 나쁘잖아~. 이야, 정말 잘 됐어……. 이제 다시 정정당당하게 류 군 쟁탈전을 재개할 수 있겠다."

키라리는 아직——아즈사가 류자키를 좋아한다고 생각하는 모양이었다.

"응? 내가 뭐 어떻다고? 목소리가 작아서 잘 안 들렸는데."

"류 군과는 상관없어! 지금은 여자들끼리 이야기하는 중이니까 잠시 비켜줄래?"

"너, 너무해! 모처럼 오랜만에 아즈사와 대화할 수 있다고 생각했는데……. 뭐, 알았어. 끝나면 가르쳐줘."

여전히 주인공 특유의 난청 스킬을 발휘하는 류자키.

아니, 너보다 훨씬 거리가 떨어져 있던 나한테도 들렸거든?

조금만 귀를 기울이면 들릴 텐데……. 그녀들의 대화는 전혀 신경 쓰지 않는 건가?

자기에게 호의적인 여자아이들을 이해하지 못하는 둔감함은 어느 의미로는 예술적인 수준이었다. 류자키의 뒤틀린 주인공 속성은 아직 건재한 모양이다.

"아, 하지만…… 그러고 보면 아즈는 류 군에게 고백했지? 그렇다면 이만큼 쉬어봤자 별 차이 없으려나? 마음을 전한 만큼 우리보다 앞서간 건지도. 그렇다면 역전할 수 있게 힘내야지~."

"어, 그게……."

키라리의 말에 아즈사는 뭐라고 대답할까?

다시 하렘 멤버가 되어 키라리, 아즈사와 류자키를 두고 경쟁하는 관계로 돌아갈 것인가.

혹은 다른 길을 걸을 것인가.

어떤 선택을 했을지 오빠로서 궁금했기에 조용히 귀를 기울였다.

그리고 아즈사는 '답'을 내놓았다.

"──아즈사라면 이제 신경 쓰지 않아도 돼."

힘없이 헤헤 웃는 아즈사.

그 말을 듣고 키라리의 미소가 사라졌다.

"어? 신경 쓰지 말라니?"

"미안해. 정정당당하게 싸우기로 약속했었지만…… 아

즈사는 이제 됐어."

그 말은 류자키를 이미 포기했다는 의미였다.

"잠깐, 그건…… 정말 괜찮아?! 지금까지 그렇게 열심히 했는데……. 한 번 실패했다고 포기하다니 아깝잖아!"

계속 싸웠던 연적이기 때문에 서브 히로인들 사이에도 유대감은 생긴다.

키라리는 어쩐지 슬퍼 보였다.

그 감정적인 목소리는 아즈사와는 다르게 교실에 크게 울려 퍼졌다.

"뭐야, 왜 그래?! 아즈사는 아팠다가 막 돌아온 거니까 너무 세게 말하지 마."

마치 싸우는 것처럼 들렸는지 류자키가 중재하려고 끼어들었다.

하지만 그래도 키라리는 멈추지 않았다.

"시끄러워! 류 군은 가만히 있어."

사랑하는 류자키에게 화를 낼 정도로 키라리는 아즈사의 결정에 슬퍼했다.

"아즈…… 한 번 더 물어볼게. 정말 괜찮은 거야?"

"응. 이걸로 됐어……. 키라리, 힘내. 이제 같은 마음은 되지 못하지만 응원할게."

하지만 아즈사의 답은 변하지 않았다.

"──윽!"

헌신적인 응원에 키라리는 불현듯 울음을 터트릴 듯한 표정이 되었다.

하지만 그것도 한순간이었다.

"……그래. 그럼 더는 아무 말도 안 할게. 응원해줘서 고마워, 아즈……. 나 힘낼게. 너처럼 되진 않을 거야."

키라리는 밀어내듯이, 차가운 목소리로 말했다.

이 정도의 크기라면——아무리 주인공님이라고 해도 들린 모양이었다.

"키라리! 그만 좀 해……. 아즈사에게 무슨 소릴 하는 거야?"

들리지 않았으니까 사정은 잘 모르는 거겠지.

하지만 아즈사가 괴로워하는 것 같고, 키라리는 화가 났다——그 구도만으로 키라리가 잘못했다고 단정한 건지 그 녀석은 이런 말을 했다.

"아즈사에게 차갑게 굴지 마. 내 동생 같은 아이니까, 소중히 대해 줘."

……키라리와 다르게 이쪽은 어중간한 말이었다.

이 녀석은 아직 아즈사가 자기를 좋아한다고 생각하는 걸까.

숙박 합숙 때 나와 시호가 다른 사람을 더 배려하라고 했었는데, 류자키는 아무것도 학습하지 않은 모양이었다.

듣고 싶은 것만 듣고, 듣기 싫은 건 무시한다.

둔감과 난청 스킬은 상당히 편리했다. 류자키에게만 그렇다는 소리지만.

'어쩐다……. 분위기가 안 좋아.'

교실이 싸늘하다. 반 아이들도 무슨 일이냐는 듯 류자키네를 보고 있었다.

아즈사도 류자키와 키라리 사이에 감도는 험악한 분위기를 느낀 건지 괴로워 보였다.

어떡하지? 이 이상 아즈사가 상처받는 것만은 피하고 싶은데.

끼어들어야 하는 걸까──그렇게 고민하던 도중.

"흐갹?!"

콰당! 하는 소리가 울렸다.

몹시 귀여운 비명이 들린 것과 동시에…… 반 아이들의 시선이 아즈사네가 아니라 그녀를 향했다.

교실 입구. 이마를 누르며 눈물을 글썽거리는 백은발의 소녀는 주변의 시선을 아직 눈치채지 못했다.

"아, 아파라…… 이럴 수가. 모처럼 지각하지 않으려고 달려왔는데 넘어지다니 너무해. 이렇게 될 줄 알았다면 학교 그냥 빠질걸."

투덜투덜 혼잣말을 중얼거리며 그녀가 몸을 일으켰다. 교실이 쥐 죽은 듯 조용하다는 것도 신경 쓰지 않는 건지 태연하게 걸었다.

"아, 코타로다. 안녕."

눈이 마주치다 그녀는 방긋 웃으며 나에게 손을 흔들었다.

1학기 때보다는 낯가림도 다소 누그러진 건지…… 혹은 내가 있다는 걸 아니까 안심하는 건지.

어느 쪽이든 다른 사람의 시선을 신경 쓰지 않게 된 시호는 미소가 늘어난 느낌이 든다.

그리고 그녀가 웃으면 교실의 분위기가 자연스럽게 좋아지는 게 신기하다.

"……쳇."

시호를 보고 류자키가 혀를 찼다.

숙박 학습 이후 저 녀석은 시호를 어떻게 대해야 하는지 알 수 없다는 듯 항상 이런 느낌으로 어색해했었다.

덕분에 류자키의 의식이 아즈사와 키라리에게서 떨어졌다.

반 아이들도 마찬가지였기에 위험하던 분위기가 어느새 흩어졌다.

"그럼 난 할 말 다 했으니까."

키라리는 마지막으로 그렇게 말한 뒤 아즈사에게서 시선을 돌렸다.

더는 돌아보지 않는다. 그런 키라리의 뒷모습을 아즈사는 쓸쓸하다는 듯 바라보았다.

"…………."

말없이 숨을 내쉰 뒤 아즈사가 이쪽을 보았다.

격려하는 의미를 담아 작게 웃자 아즈사도 간신히 웃어주었다.

『아즈사, 힘냈어.』

어떤지 그렇게 말하는 느낌이었다. 응, 정말 열심히 했어.

오늘은 집에 갈 때 편의점에 들러 아즈사가 좋아하는 단맛 간식을 잔뜩 사 가야지.

겸사겸사 시호가 먹을 것도 사 놔야 하려나.

우연일 테지만 그녀가 아즈사를 지켜주었다. 만약 시호가 등장하지 않았다면 류자키와 키라리의 말다툼이 이어져서 아즈사도 슬퍼했을 테니까.

역시 시호는 대단하다. 등장만 해도 주변의 분위기를 확 바꿔버릴 정도의 존재감은 손에 넣고 싶다고 쉽게 들어오는 게 아니다.

류자키의 '주인공 속성'이 건재하듯이.

시호의 '히로인 속성'도 사라지지 않았다──.

◆

이리하여 나카야마 아즈사가 류자키 료마의 하렘을 탈퇴했다.

그건 즉 한 서브 히로인의 사랑이 끝났음을 의미한다.

현실에 스토리 같은 건 필요 없다.

괴로운 일이 일어나는 것보다는 즐겁고 평화로운 게 낫다.

'이대로 류자키의 러브 코미디에 휘말리지 않으면 좋겠는데.'

그렇게 바랐지만, 러브 코미디의 신은 비정했다.

방과 후 버스에서 내렸을 때.

그대로 집에 돌아가려고 했는데, 반대쪽 차선에서 검은색 리무진이 다가왔다.

평범한 주택가에 TV에서나 봤던 고급차는 굉장히 미스매치처럼 보였다.

깜짝 놀라서 쳐다봤더니——창문이 열리며 그녀가 등장했다.

"헬로♪ 이렇게 인적이 드문 길에서 마주치다니 별일이네!"

"메리 씨……?"

금발벽안의 미녀가 창문 너머로 손을 흔들었다.

"HAHAHA! 코타로, 갑자기 말을 걸어서 미안해."

내 이름을 불렀다.

설마 나를 인식하고 있을 줄은 몰라서 허를 찔렸다.

"어, 왜, 나를……"

동요한 걸 숨기지 못하고 대답을 버벅거렸다.

학교에서도 한 번도 대화한 적이 없는데, 밋밋해서 눈에 띄지 않는 나를 알고 있다니 보통은 말이 안 되지만……
왜지?

그렇게 당황하는 나를 보며 메리 씨는 '쓴웃음'을 짓고
있었다.

평소의 쾌활한 미소가 아니라, 마치 이쪽을 무시하는 듯
한 표정이었다.

"니히히…… 뭐야, 고작 말을 걸었다고 그렇게 놀랄 거
없잖아? 이상하네. 어지간한 남자는 내가 말을 걸면 바로
좋아서 멍청한 표정을 짓던데…… 너는 오히려 싫어하는
것처럼 보여. 왠지 경계하는 것 같아서 나는 기분이 좀 안
좋은걸?"

──유창한 일본어가 흘러나왔다.

지금 눈앞에 있는 건 독특한 억양이 특징적인, 끝도 없
이 밝은 금발 미녀가 아니다.

그저 외모가 아름다울 뿐 정체를 알 수 없는 '무언가'였다.

그런 그녀를 눈앞에 두고 등이 오싹해졌다.

'역시…… 눈감아주지 않는구나.'

휘말린다는 걸 직감했다.

새롭게 등장한 히로인이 나를 인식하고 있고, 심지어 숨
겨둔 모습을 보여주었으니까.

"잠깐 시간 괜찮아? 대화 좀 하자……. 료마와 시호에 대
해서. 응?"

역시나. 또 류자키…… 게다가 시호까지.

사실은 엮이지 않고 살고 싶었지만, 아무래도 그렇게 되진 않을 모양이다——.

제3화
복수 러브 코미디

리무진을 탄 건 처음이었다.

L자형 좌석과 테이블에 더해 냉장고와 TV도 있어서, 이 공간을 차 안이라고 표현하기에는 너무 호화로웠다.

차의 흔들림도 거의 없다. 주행 중인 건지 멈춘 건지도 알 수 없을 만큼 조용해서…… 그게 오히려 긴장됐다.

"갑자기 미안해. 말을 걸려면 이 타이밍이 적절하려나 했었거든. 사실은 입학한 첫날에 말을 걸고 싶었지만."

옆에 앉은 메리 씨가 굳이 몸을 가까이 붙이며 말을 걸었다.

다른 여자아이와 너무 가까워지면 그 애가 질투하기 때문에 대충 두 사람 정도 앉을 수 있을 만큼 거리를 벌린 뒤 대답했다.

"타이밍이라니?"

"그야 당연히, 스토리가 움직이기 시작한 타이밍이지."

'스토리'.

그 단어를 듣고 심장이 크게 뛰었다.

마음속에서는 자주 생각하던 것이지만, 이건 내 '생각 습관' 같은 것이므로 누군가에게 말한 적은 한 번도 없다.

현실을 '소설'로 대하는 인간이라니, 객관적으로 봐서 이상하니까.

"스, 스토리라니……. 무슨 뜻인지 모르겠어."

"시치미 떼지 마. 코타로는 '보이는 쪽' 사람이잖아? 그렇지 않으면 앞뒤가 안 맞아. 엑스트라 주제에 주인공에게 맞서다니…… 그런 어이없는 짓은 이 세상을 '부감 시야'로 내려다볼 수 있는 사람이 아니라면 불가능하다고."

모르는 척하며 얼버무리려고 시도했지만, 그녀에게는 통하지 않았다.

"일상 파트는 이미 역할을 끝냈어. 추가 히로인 소개도, 주인공과의 만남도, 서브 히로인의 갈등을 암시하는 복선도 초반에 깔아놨지. 그러니 슬슬 다음으로 넘어갈 타이밍이야……. 너라면 내가 무슨 말을 하는지 알 텐데?"

마치 내가 생각하는 것 같은 말이 메리 씨의 입에서 흘러나온다.

"안심해. 나는 너와 동족이거든. 스토리의 등장인물이라는 걸 자각하지도 못한 바보 같은 캐릭터들과 달라."

……어쩌지?

가능하다면 엮이지 않고 지나가고 싶었지만, 분명 그녀는 허락하지 않을 것이다.

그렇다면 우선은 말을 맞춰주고…… 먼저 그녀의 의도를 파악해야 한다. 그런 생각에 일단 고개를 끄덕였다.

"……설마 나와 비슷한 사람이 있는 줄은 몰랐어. 현실에 스토리를 겹쳐본다니, 정상이 아니잖아? 하물며 남에게 말한다면…… 그냥 미친놈이지."

"니히히. 그 말은 즉, 나를 동족이라고 인정한다고 봐도 되는 거지?"

메리 씨가 웃었다.

하지만 그건 류자키 앞에서는 절대로 보여주지 않을 법한 사나운 미소였다.

"후우, 다행이다. 드디어 코타로에게 스토리의 감상을 전달할 수 있게 되었네……. 계속 말하고 싶어서 근질거렸 거든."

"감상이라니?"

"물론 숙박 학습 말이야. 정확하게는 고등학교 입학식 때부터 숙박 학습까지 일어난 스토리. 제법 재밌더라고. 특히 료마가 시호에게 차이는 장면에선 가슴이 아주 뜨거 웠지. 뭐, 원래 따뜻하지만."

그렇게 말하더니 메리 씨는 가슴에 손을 올렸다. 자기가 한 농담이 재미있었던 건지 입술이 히죽거렸다.

하지만 나는 웃을 수 없었다. ……그게 중요하지 않았기 때문이다.

"어떻게 숙박 합숙 때의 일을 아는 거지?"

그녀가 없었던 시간.

2학기에 전학해 왔는데 어째서 우리의 과거를 파악하고

있는 건지.

"딱히 특별한 건 없어. 그냥 '조사'한 것뿐이야."

"조사했다고 우리의 '스토리'를 알 수 있을 리가 없어."

"그건 '일반적으로' 그렇다는 거잖아? 나는 평범한 캐릭터들과 다르다니까?"

메리 씨의 눈이 나를 똑바로 보고 있다.

푸른 눈동자 안쪽에는 요사스러운 빛이 반짝여서 아주 으스스했다.

아아, 그녀는 평범하지 않다──감각적으로 불길함을 느끼게 한다.

"인간은 누구에게나 출생이 있어. 성장 과정이 있어. 그에 따른 인생이 있고, 형성된 인격이 있고, 구축된 인간관계가 있지. 그러한 '배경'과 '설정'을 알면 행동의 '인과'를 알 수 있게 돼. 그러한 조각난 정보를 이어서 정리하고, 행동 이력을 나열하면…… 짠, '스토리'가 만들어지지?"

메리 씨가 다시 말하기 시작했다.

"나는 전학을 대비해 반 아이들을 조사했어. 다행히 우리 아버지는 자산가거든. 실력 좋은 탐정을 고용해서 너희의 정보는 뭐든 알 수 있었지. 그렇게 얻은 정보를 정리해본 결과──'메인 히로인이 하렘 주인공이 아니라 엑스트라를 좋아하게 되었다'는 스토리를 알게 됐지."

말투에서 상대방을 내려다보는 시선이 느껴지는 것 같

았다. 들으면서 썩 기분 좋은 말투는 아니었다.

"자, 문답 코너는 이 정도면 될까? 태클 걸고 싶은 구석이 많이 있을지도 모르고 모순도 있을지도 몰라. 만약 이해할 수 없다면…… 그래. 나는 만능형 히로인이자 '사기 캐릭터'니까 뭐든 아는 거지."

……아무튼, 메리 씨는 1학기에 일어난 일을 파악하고 있다.

이해할 수 없는 부분도 있지만, 그냥 그런 거라고 치부하기로 하자.

"딱히 기대 같은 건 없었어. 이 현실은 '망작'이니까. 가치 없는 캐릭터가 너무 많고, 인간관계는 복잡하고, 등장인물의 차별점도 약해. 게다가 사건이나 이벤트도 잘 일어나지 않고, 내용도 시시껄렁해. 다들 평범하게 살면서 평범하게 죽어가……. 코타로도 이런 현실은 지루하다고 생각하지?"

……뭐, 그렇지.

시호를 만나기 전까지는 나도 현실에 기대하지 않았다.

"그래서——료마의 존재를 알았을 때는 흥분했어. 캐릭터성이 얄팍한 엑스트라만 득시글하던 세상에 료마 같은 전형적인 '하렘 주인공'이 존재하다니, 예상치 못했다니까."

내가 시호 덕분에 즐길 수 있게 된 것처럼.

메리 씨는 류자키 덕분에 현실을 보는 시각이 바뀐 모양이었다.

"그는 대단해. 차에 치일 뻔한 여자아이를 구하는 데 일절 망설임 없이 도로에 몸을 날릴 수 있는 인간인걸. 료마는 스스로 강하게 믿는 거겠지. 자기라면 구할 수 있다, 죽을 리 없다고."

……이제 와서 류자키의 '주인공 속성' 같은 걸 설명해줄 필요도 없이 잘 안다.

다른 사람을 위해 목숨을 걸 수 있다. 그것 자체는 훌륭한 일이지만…… 류자키는 조금 다르다.

그 '뒤틀림'을 메리 씨도 제대로 눈치챈 모양이었다.

"하지만 문제는 구출한 뒤에…… '구해줬으니까 나를 좋아하는 건 당연해'라고 생각하는 부분이야. 무의식인 건지도 모르지만, 그는 대가를 요구해. 내가 호의적으로 대하는 걸 당연하다는 듯이 받아들이는 건, 당연히 사랑받는다고 생각하기 때문이겠지. 자신감이 있는 건 나쁜 일이 아니야. 다만 료마는 그게 지나쳐."

그녀의 분석은 나와 비슷했다. ……아니, 나보다 더 류자키를 잘 보고 있었다.

"자신을 믿는 나머지 자기만 믿는 거야. 남을 배려하는 마음이 없어. 아니, 그럴 필요가 없을 만큼 자신을 긍정해. 그래서 자아가 불확실한 여자아이가 끌리는 거야. 료마의 색으로 물들어서 자신의 존재의의를 확립하려는 거겠지."

그 말을 듣고 가장 먼저 떠오른 사람은 아사쿠라 키라리였다.

류자키를 만나 외모나 성격을 비틀어버린 그녀는…… 말 그대로 메리 씨의 말대로 행동하고 있었으니까.

"주인공 덕분에 아무런 특징도 없던 캐릭터가 개성을 획득해. 동생 캐릭터가 된 아즈사, 갸루 캐릭터가 된 키라리, 현모양처 캐릭터가 된 유즈키……. 그리고 료마에게 사랑받은 덕분에 누구보다 특별대우를 받게 된 시호. 봐, 주인공이 있으면 히로인이 만들어졌잖아. 그리고 다음으로 탄생한 건…… 료마의 '하렘 러브 코미디'였지."

확실히 그 말대로였다.

류자키 덕분에 히로인이라는 포지션이 생겼고…… 그녀들과의 러브 스토리가 시작되었다.

"뭐, 너라는 이물질 때문에 료마의 러브 코미디는 조금 망가졌지만. 그것도 포함해서 즐거웠고, 너희의 이야기를 알았을 때는 흥분했어. 이 따분한 세상에도 희망은 있다고 생각하니까 두근거리더라."

"……그렇게 재미있었어?"

"아니, 재미있긴 했지만 부족한 점도 많았지. 예를 들어 초반에 코타로가 너무 비굴할 때는 조금 속이 답답했거든. 장점도 있지만 그만큼 단점도 있었지."

메리 씨의 시점은 '독자'가 아니다.

그녀가 말하는 건 '감상'이 아니라 '총평'이었다.

"세세한 문제점을 꼽으면 끝이 없지만, 가장 불만이었던 건——료마에게 벌이 부족하다는 거야."

"벌이 부족하다고?"

"그래. 료마는 이 작품 최고의 쓰레기잖아? 료마 때문에 불행해진 히로인이 많이 있어. 그런데 그가 받은 벌은 '소꿉친구에게 차였다'뿐. 더 불행해지지 않으면…… 이 말을 할 수 없는걸."

메리 씨가 스토리에 요구하는 것.

"쌤통이다——라고."

그것은 지독하게 뒤틀린 '카타르시스'였다.

"풍족하던 인간이 몰락해가는…… 자신이 내려다보던 인간에게 짓밟히는, 그런 스토리를 좋아하거든. 큰 장르로 나누자면 '복수물'. 속을 뻥 뚫어주는 시원함이 숙박 학습 스토리엔 부족했어."

그녀는 멈추지 않았다. 열렬히, 그러면서 그동안 느낀 바를 감정을 가득 담아 말해나갔다.

"나는 말이지, 그게 너무 아까웠어. 어째서 고통받아야 하는 캐릭터인 료마가 지금도 당연하다는 듯이 학교에 나오는 거지? 왜 상처받은 서브 히로인이 등교 거부를 하는데?

왜 하렘 멤버는 료마를 싫어하지 않는 거야? 왜 같은 반 애들은 시호를 울린 료마에 대한 인식을 바꾸지 않아? 모든 게 료마에게 상냥한 세상을 형성하고 있어. 죄를 저질렀는데 벌은 부족해. 그래서 재미가 반감해버렸지."

메리 씨는 거칠게 불만을 토해냈다. 명백하게 냉정하지 않다.

"……"

증오와도 흡사한 감정이 깃든 말에 숨이 막혀 나는 아무 말도 하지 못했다.

하지만 그녀가 흥분한 것도 잠시.

"──뭐 이런 식으로, 얼마 전의 나였다면 그런 소설에 불만을 느낄 뿐 아무것도 안 했을 거야. 스토리는 허구니까 손을 댈 수 없잖아? 하지만 너희의 스토리는 달라…… '현실'이니까."

"현실이면 뭐가 다른데?"

"현실 '스토리'에는 손을 댈 수가 있지."

드디어, 이제야 메리 씨가 '하고 싶은 것'이 보였다.

"코타로. 나는 말이지…… 너희들의 스토리를 수정하고 싶어."

그녀는 우리의 스토리에 간섭하려고 한다.

"'독자'로 머무르는 건 질렸어. 앞으로는 '창작자'로서 최고의 스토리인 '복수 러브 코미디'를 만들 거야."

추가 '캐릭터'로서 스토리에 변화를 주는 게 아니라.

메리 파커는 '창작자'로서 스토리를 만들 생각이다.

"황당무계한 헛소리라고 생각해?"

"……그래. 나는 좀, 잘 이해가 안 가."

"네가 생각을 놔버리는 것도 이해해. 우리에게는 스토리가 '보일' 뿐 '만들' 수단은 없다고 생각하는 거지? 뭐, 평범한 '캐릭터'라면 그럴지도 몰라. 하지만……."

그렇게 말하며 메리 씨가 살금살금 다가왔다. 조금 전과 마찬가지로 거리를 벌리려고 했지만…… 허리가 벽에 닿아서 더는 도망칠 곳이 없다는 걸 깨달았다.

그러자 메리 씨는 내 위를 덮어버리듯 벽에 손을 짚었다.

호흡이 닿을 듯 가까운 거리에서 그녀가 속삭이듯 중얼거렸다.

"하지만 나와 너를 '같다'고 생각하지 마. 동족이기는 하지만 똑같은 건 아니지. 메리는 '코타로'가 아니니까."

그 순간 등에 오한이 퍼졌다.

사실은 그녀를 밀치고 싶은데 정체를 알 수 없는 공포를 느끼고 몸이 굳어버렸다.

그런 나를 메리 씨가 비웃었다.

"왜냐하면 너는 '엑스트라'잖아?"

마치 새삼스럽게 포지션을 깨닫게 해주는 것처럼.

메리 씨가 나에 대해 이야기하기 시작했다.

"16살, 8월 15일생. 키 170cm. 몸무게 61kg. 마땅한 특징이 없는 외모. 유별난 취미도 없고, 자랑할 만한 특기도 없음. 굳이 특이한 점을 꼽으라면 책을 아주 많이 읽은 것. 하지만 딱히 책을 좋아하는 건 아니고, 그냥 어릴 때부터 이어진 습관적인 독서일 뿐."

조금 전에 한 말대로 메리 씨는 나에 대해서도 조사한 모양이었다.

"어린 시절 너는 교육열이 강한 어머니의 기대에 부응하지 못하고 실망시켰어. 어머니가 다시 돌아봐 주길 바라면서 그녀가 시켰던 독서만은 계속 유지했지만, 결국 어머니의 신뢰를 되찾지는 못했지. 끝내 자신감을 잃고 본인의 의사를 가지지 않게 된 결과…… 스토리를 깊이 이해하고 있을 뿐인 '엑스트라'가 탄생."

그녀를 경계한 내 판단은 역시 옳았던 거다.

아직 풀지 않은 정보를…… 아니, 정확하게 말하자면 내가 말하고 싶지 않은 어린 시절 이야기까지 파악하고 있는 메리 씨가 굉장히 징그러웠다.

"나는 너와는 전혀 달라. 만능형 히로인이자 사기 캐릭터. 못하는 건 아무것도 없지……. 스토리도 당연히 만들 수 있어."

그런 게 가능할 리 없다——고 단언하기에는 메리 씨는 너무 이상했다.

자신만만한 미소를 짓는 그녀는, 어쩌면 정말로 '창작자'인 게 아닌지 의심스러워질 만큼 전지전능해 보였다.

"그럼 본론으로 들어갈까."

그렇게 드디어 기나긴 서두가 끝났다.

"지금까지 경청해줘서 고마워. 덕분에 이른 단계에 '메리 파커'라는 캐릭터의 으스스함을 연출할 수 있었어. 그리고 이번에는 네가 궁금해하던 걸 대답해줄게."

내가 궁금해하던 것.

그건 "어째서 메리 씨가 나에게 정체를 밝힌 거지? 나한테 뭘 시키려는 거지? 그녀는 구체적으로 뭘 할 생각인 거지?" 그걸 알고 싶었다.

마음속의 대사가 귀에서 들렸다.

믿어지지 않게도…… 메리 씨가 선수를 친 것이다.

"――네 서술은 이런 느낌일까. 어때, 맞았지?"

"알고 있다면 가르쳐줘."

"니히히. 그렇게 성 내지 말고……. 딱히 어려운 건 아니고, 위험하지도 않고, 하물며 싫어할 만한 일을 해달라는 것도 아니야. 그냥 '협력'해줬으면 해."

영락없이 더 큰 걸 요구할 줄 알았다.

"코타로와 적대할 마음은 없어. 나는 최고의 '복수 러브 코미디'를 완성하고 싶은 것뿐이야. 그러기 위해서 너는 오히려 행복해지길 바랄 정도지."

……냉정하게 생각해 보면 확실히 메리 씨는 나에게 적의가 없다.

 만약 그녀가 나를 불행하게 만들고 싶다면 본성을 밝히지 않는 게 여러모로 유리할 것이 틀림없다.

 "복잡하게 생각할 거 없어. 내가 만든 플롯에서 네 도움이 꼭 필요한 것뿐이니까. 스토리를 만드는 힘은 없지만 볼 수 있는 너이기 때문에…… 나에게는 딱 좋아."

 "플롯……?"

 "스토리의 설계도. 괜찮아, 내 머릿속에는 이미 '복수 러브 코미디'가 완성되었어. 새 스토리에서 너는 누구보다 '행복'해져야만 해."

 그러더니 그녀는 시나리오의 내용을 가르쳐주었다.

 "스토리 흐름은 지난번과 거의 같아. 여러 명의 여자아이가 호감을 보내는 상태인 하렘 주인공이 어느 날 메인 히로인을 사랑하기로 한다. 그 과정에서 서브 히로인을 차기도 하겠지. 그 마음마저 이용해서 각성한 하렘 주인공이 드디어 메인 히로인에게 고백한다. 하지만 메인 히로인이 좋아하는 건 주인공이 아니라 평범한 엑스트라였다──라는 느낌으로."

 들어보니 지난번과 다를 게 하나 없는 스토리였다.

 그걸 지적하자 메리 씨는 태연한 얼굴로 고개를 끄덕였다.

 "똑같아. 그야 전개는 나쁘지 않으니까……. 내가 수정하려는 건, 그 뒷부분이야. 메인 히로인에게 차인 주인공은 서브 히로인에게도 버림받아서 고독해진다. 반대로 엑스트라는 메인 히로인만이 아니라 서브 히로인도 손에 넣는다. 즉──두 사람의 입장을 역전시키는 거지."

그녀가 바라는 건 달콤한 러브 스토리가 아니다.

그건 말 그대로 '복수물'이라고 부를 수 있을 법한 전개였다.

"자기가 가지고 있던 걸 전부 빼앗긴 뒤에야 간신히 하렘 주인공은 깨닫는 거야. 자기가 히로인들에게 얼마나 지독하게 굴었는지. 얼마나 사랑받았는지, 얼마나 행복했었는지……. 으음, 좋아! 자기 행동을 후회하며 평생 혼자 쓸쓸하게 사는 거지. 그렇게 철저하게 꺾인 주인공을 보고 싶어!"

어쩌면 그건 허구의 소설이라면 재미있을지도 모른다.

하지만 현실에서 실행하려고 한다는 점에서 '광기' 같은 것을 느꼈다.

"배역은 이래. 하렘 주인공은 료마, 엑스트라는 코타로, 차이는 서브 히로인은…… 유즈키는 좀 심약하니까 키라리로 해야겠다. 완전히 내 하위호환으로 보이는 캐릭터니까 딱 좋은 느낌으로 상처받을 것 같고."

아즈사의 포지션에는 '키라리'를.

"메인 히로인은 물론 내가 담당할 거야."

그리고 가장 궁금하던 부분으로 화제가 넘어갔다.

"시호 역할을 메리 씨가 하는 거야?"

나 자신은 어찌 되든 상관없다. 그래서 지금까지는 무슨 말을 하든 가만히 들을 수 있었다.

하지만 시호에 관한 건 사정이 달라진다. 그녀를 끌어들이려고 한다면 전력으로 메리 씨에게 저항하려고 결심했지만.

"응, 내가 할 거야. 그러니까 코타로, 그렇게 화내지 마. 괜찮아, 시호에게는 아무 짓도 안 해. 시호는 내가 손을 댈 만한 캐릭터가 아니거든."

……맥이 풀릴 정도로 그녀는 시호에게 관심이 없었다.

"너는 어쩌면 눈치챘을지도 모르지만…… 시호는 상당히 맹탕이야. 뛰어난 건 외모뿐이지. 선천적으로 청각이 날카롭다는 특징이 있고, 다른 사람의 감정에 민감하고, 그렇기 때문에 눈치채지 못해도 괜찮은 악의를 알아차리는 바람에 불쌍하게도 낯가림이 심한 겁쟁이가 되어버린 수준 미달 히로인이지."

그렇지 않다──고, 반사적으로 부정할 뻔했다.

하지만 그걸 이성이 틀어막았다.

나한테 이러는 것처럼 괜한 관심을 보이게 되면 그게 더 골치 아플 테니까.

"애초에, 너희의 스토리가 왜 불완전 연소로 끝났는지,

그 가장 큰 원인이 메인 히로인…… 즉 시호 때문이야. 그녀가 더 료마에게 악의를 품었다면 그는 그 쓰레기짓에 걸맞은 처참한 말로를 맞았을 텐데. 시호는 좋게도 나쁘게도 겁이 많고, 너무 착하고, 너무 약해. 너도 알지? 시호는 우연히 메인 히로인으로 선택받았을 뿐인 '평범한 소녀'라는 걸."

메리 씨의 인식은 '어느 의미로' 확실히 틀리지 않았다.

물론 나는 시호의 장점을 많이 알지만…… 우선 메리 씨가 시호에게 적의가 없다면, 그걸로 됐다고 치자.

"나는 시호처럼 실수하지 않아. 이번에야말로 완벽한 스토리를 만들기 위해…… 제대로 시간을 들여서 '메리'를 만들었지."

그 후 그녀가 말한 건 '메리 파커'라는 캐릭터에 대해서.

"HAHAHA! 고민이 뭐야? 먹는 거야? 항상 웃는 게 즐거워! 다들 즐거운 일을 하자! 밝고, 순수하고, 천진난만하고, 누구와도 친해질 수 있을 만큼 사교적이야! 하지만 좋아하는 사람은 한 명…… 료마만을 사랑해!"

메리 씨가 난데없이 캐릭터를 바꿨다.

"──이런 한숨 나오는 소리를 학교에서 내내 말하고 다니는 것도 피곤하긴 해. 뭐, 하지만…… 히로인으로서는 매력적이잖아? 믿어지지 않을 만큼 고스펙에다, 남자의 욕망을 구현한 것 같은 몸매를 지녔으면서 성격은 순수하고 빈틈이 많고…… 이런 히로인을 다들 좋아하잖아?"

"……연기했다는 거야?"

"응, 맞아. 시호의 실패를 분석해서 그녀와는 정반대인 히로인을 만들었어. 내가 보기에도 괜찮은 연기라니까. 료마는 완전히 '메리'에게 빠져있지……. 덕분에 그를 조종하는 게 쉬워졌고."

모든 건 메리 씨가 만든 최고의 스토리를 실현하기 위해서.

그녀는 자신이라는 캐릭터를 적절히 사용하여 시나리오를 진행할 생각인 모양이다.

"주인공을 장악했고, 히로인을 내가 연기하고, 서브 히로인은 어리석은 스토리의 노예 상태. 유일한 걱정거리가 너뿐이었어. 아주 조금이긴 하지만…… 코타로만은 경계하고 있거든. 지난번에 료마의 스토리를 부순 것처럼 내 스토리를 부수면 큰일이니까. 그래서 이렇게 너를 아군으로 끌어들이기로 한 거지."

계획을 털어놓는다는 위험을 감수해서라도.

나라는 위험 요소를 배제하기 위해 일부러 자신의 수중에 두겠다──그런 의도인가.

"그리고 너를 목줄에 걸어두기 위해…… 그래, '시호의 평온'을 인질로 잡을까? 만약 코타로가 나를 방해하면 나는 네가 아니라 시호를 불행하게 만들겠어. 그걸 마음에 잘 새겨둬."

이건 협력 '요청'이 아니다. 단순한 '협박'이고 '명령'이다.

"예를 들어 나는 부자 캐릭터니까…… 시호 아버지의 직업을 빼앗을 수 있을지도 모르지. 시호의 아버지가 일하는 회사를 매수하면 간단하지 않겠어? 그런 식으로 의도적으로 시호의 부모를 불행하게 만들면 두 사람은 이혼할 가능성이 있지? 따뜻한 가정밖에 모르는 시호는 그렇게 되었을 때…… 과연 행복할 수 있을까?"

그녀는 내가 가장 소중히 여기는 게 '시호'라는 걸 알고 그걸 협박에 쓰고 있다.

"엑스트라에게는 거부권이 없다는 건가……. 알았어. 메리 씨가 시키는 건 뭐든 협력할게."

포기하는 기분으로 그렇게 대답하자 메리 씨는 만족스러운 듯 히죽 입꼬리를 올렸다.

"니히히. 물론 네가 내 '말'인 한 약속은 지킬게. 나를 방해하지 말고 평소처럼 행동해준다면 시호는 안 건드릴 거야."

처음부터 내 의사는 상관없었다.

결국 그녀는 내 저항이나 반론을 허락하지 않았으니까.

'역시──예상대로야.'

방심하면 쓴웃음이 나올 것 같은 나를 억눌렀다.

진정하자. 아직 그녀에게 얕보여야 해.

'그게 더 배신하기 쉽거든.'

이런 생각과 동시에 머릿속 깊은 곳이 술렁거렸다.

이건 뭐지?

……뭐, 됐어. 우선 당분간은 상황을 지켜보기로 할까.

◆

──이런 내 속마음을 그녀는 상상도 하지 못했던 모양이다.

"코타로는 역시 다루기 쉽구나. 쓸데없는 반항을 하지 않은 덕분에 설명 파트가 순탄하게 끝났어."

반대로 상정한 대로 잘 풀리고 있다고 생각하는 건지 아주 만족스러워 보였다.

"슬슬 돌려보내 주면 좋겠는데."

"응? 그래? 나는 더 대화하고 싶은데, 아쉬워라."

"기대에 부응하지 못해서 미안해. 방과 후엔 시호가 놀러 오니까 너무 늦으면 바람이냐고 의심하거든."

"코타로가 바람을 피울 수 있을 만큼 매력적이라고 생각하는 건 시호뿐이겠지."

그렇게 말하며 다리를 반대로 꼬는 메리 씨.

움직일 때마다 향수 같은 냄새가 풍겨서 별로 좋은 기분은 아니었다.

"니히히. 그렇게 조급해하지 마. 괜찮아, 이미 네 집에

도착했거든."

"그래?"

"잠깐 드라이브 비슷하게, 대화가 끝날 때까지 근처를 빙빙 돌았던 것뿐이야."

말이 끝난 직후 갑자기 밖에서 문이 열렸다.

불쑥 햇빛이 들어오는 바람에 무심코 눈을 가늘게 떴다. 훅 들어오는 더운 공기에 얼굴을 찌푸리며 주위를 확인하자 익숙한 주택지 풍경이 펼쳐져 있었다.

"발밑을 조심하세요."

탈 때도 문을 열어주었던 남성이 온화하게 웃으며 나에게 머리를 숙이고 있다. 정장을 입었으며 아주 우아한 노인이다. 아마 메리 씨의 사용인이겠지. 운전도 이 사람이 했던 건지도 모른다.

"할아범, 선물도 잊지 말고 건네줘."

"알겠습니다. ……이것을 받으시죠."

사용인 남성이 건넨 건 종이봉투에 들어있는 대량의 과자였다.

하지만 내가 평소에 많이 보는 편의점 과자가 아니라…… 한눈에 봐도 고급스러운 포장지로 포장된 선물용 과자였다.

"이건 왜 주는 거야?"

"바람이 아니야. 아즈사의 학교 복귀 기념으로 과자 파티를 하고 싶어서 쇼핑몰에 갔어. 거기서 우연히 캠페인

경품에 당첨되어서 과자 세트를 받았으니까 다 같이 먹자'
라고 변명하라고."

"……친절하게 챙겨줘서 고마워."

정말로 나를 세밀하게 조사한 모양이었다. 사고방식이
나 행동을 훤히 들여다보고 있다.

"감사히 받을게."

"그래. 나에게 협력해주면 나쁘게는 안 할게. ……그럼
다시 학교에서 만나자! 코타로, 바이바이☆"

갑자기 명랑활발 버전이 된 메리 씨가 손을 흔들었지만,
그게 연기라는 걸 알자 어쩐지 소름이 돋았다.

말없이 차에서 내려 걸어갔다. 10걸음 정도 걸어간 뒤
문득 뒤를 돌아보자 이미 그곳에 검은 리무진은 보이지 않
았다.

어느새 출발한 걸까. 너무 빠르고, 너무 조용하고, 벌써
보이지 않으니까 마치 조금 전 일이 꿈이나 환각인 게 아
니냐는 생각마저 들었다.

꿈이라면 좋았을 텐데……. 그런 생각을 하며 집에 돌아
오자.

"아, 어서 와 코타로. 늦었잖아. 혹시 바람이야?"

교복을 입은 시호가 현관에서 팔짱을 끼고 떡하니 서서
나를 기다리고 있었다.

예상한 대로 바람을 의심하는 말에 무심코 웃음이 나왔다.

"하하…… 아니, 바람이 아니야. 잠깐 쇼핑몰에 갔었어."

"즉 데이트했다는 거지?"

"아니, 그게 아니고."

"오빠가 그렇게 경박할 리가 없잖아. 여전히 사랑이 무겁다니까…… 어? 그 종이봉투…… 엄청 인기 많은 고급 과자점이잖아!"

이번에는 거실에서 아즈사가 타다닷 걸어왔다. 눈치채는 게 빠르다고 해야 하나, 과자를 좋아하는 아즈사는 내가 뭘 들고 있는지 알아본 모양이다.

"어, 어떻게 손에 넣은 거야?!"

"아, 이건…… 아즈사의 학교 복귀 기념으로 과자를 사려고 했더니, 캠페인 경품에 당첨됐어."

메리 씨가 한 말 그대로 변명하자 아즈사는 두 손을 들고 기뻐했다.

"만세! 에헤헤~."

나에게서 종이봉투를 강탈하듯 받아 든 아즈사는 고이고이 안고 거실로 사라졌다. 그 발걸음은 기분이 좋은지 아주 가벼웠다.

'다행이다……. 학교에서 있었던 일은 괜찮은가 보네.'

조금 걱정했었는데, 아즈사는 정말 강해진 모양이었다.

아즈사는 괜찮아 보이니 이제 시호와 제대로 마주 봐야지.

"코타로. 혹시 무슨 일 있었어?"

역시 그녀는 내 사소한 변화를 놓치지 않는다.

"하지만, 으음……. 별로 고민하는 느낌은 아니고, 오히려 튼튼하다고 해야 하나…… 평소보다 조금 멋있는 소리가 들리는데."

귀가 움찔움찔 움직인다. 마치 내 감정을 듣고 있는 것 같았다.

시호에게 거짓말은 통하지 않는다. 청각이 뛰어난 그녀는 감수성이 아주 민감하니까.

하지만 그걸 알면서…… 나는 일부러 고개를 저었다.

"아니, 아무 일도 없었어."

──이번 일은 문제 없어. 나 혼자서 어떻게든 할 수 있어.

그런 의사를 말에 담아보자, 시호는 역시나 알아들은 모양인지.

"그렇구나……. 그럼 그런 걸로 해줄게."

이번에는 생긋 웃어주었다.

"나는 널 믿어."

──두근거렸다.

그 미소와 신뢰의 말에 가슴이 크게 뛰었다.

그녀의 미소를 지키기 위해서라면…… 나는 뭐든 할 수 있다고, 새삼 생각했다.

시호, 이번에는 너를 울리지 않을게.

반드시, 이번에야말로…… 스토리에도, 메리 씨에게도

지지 않고 시호를 지키겠어──.

제4화
서브 히로인의 말로

　만약 내 스토리에 독자가 있다면…… 이런 문장으로 시작하는 것도 괜찮을지도 모르겠다.

　"안녕, 얘들아. 메리 파커야! 1권 라스트 이후 처음 보는 거네. 드디어 이름을 밝힐 수 있게 되어서 기뻐."

　……이런 식으로.

　이러면 너무 메타성이 강해지나?

　지나치면 스토리 몰입도가 떨어지니까 자중하지 않으면 안 되겠지.

　아무튼, 드디어 스토리가 움직이기 시작했다.

　여기서부터 조금씩 료마를 괴롭혀야지. 그 과정에서 서브 히로인이 좌절하고, 코타로를 좋아하게 만들도록 유도하는 거야.

　그리고 마지막으로 메인 히로인으로서 약동하는 내가 료마의 고백을 거절하고 코타로를 사랑한다고 선언.

　분명 그때의 료마는 최고로 끝내주는 표정을 지어주겠지.

　그리고 나는 이렇게 말할 수 있을 거야.

　『쌤통이다.』

　──라고 말이지.

　만약 내 스토리를 읽어주는 사람이 있다면.

그 독자가 우쭐거리던 오만한 캐릭터가 몰락하는 모습을 즐거워하기를 바라──.

◆

메리 씨의 본성을 알고 일주일 정도가 지났다.

그동안 눈에 띄는 이벤트는 아직 일어나지 않았다. 무언가를 계기로 스토리가 가속하는 건 무섭지만, 그때를 대비해 나는 그녀를 신중하게 관찰했다.

'류자키는 완전히 메리 씨의 계획에 넘어갔어……..'

그녀가 만들어 낸 '메리'라는 히로인상은 상정한 대로 류자키 료마의 마음에 들도록 상당히 치밀하게 설정된 모양이었다.

"굿 모닝, 료마! 인사의 허그를 해줄게!"

"잠깐, 좀…… 닿는다고."

"HAHAHA! 닿으라고 하는 거야!"

아침, 그녀는 등교하면 바로 류자키와 시시덕거리기 시작한다.

"뭐, 음, 그래."

노골적으로 가슴을 밀착해서 류자키의 넋을 쏙 빼놓고 있었다.

"잠깐만, 류 군? 아침부터 얼굴이 이상해졌는데."

그런 두 사람을 보고 키라리가 불만이라는 듯 발언했다. 옆에는 유즈키가 있지만, 그녀는 조금 난처한 듯 웃을 뿐 아무 말도 하지 않았다.

유즈키는 평소랑 똑같지만…… 키라리 쪽은 조금 마음에 걸렸다.

"아주 헤벌레하게 풀어져서는, 조금은 체면을 차리지 그래?"

"따, 딱히 헤벌레한 적 없거든……. 키라리야말로 요즘 화가 너무 많잖아."

아즈사 일 이후 키라리와 류자키의 사이가 조금 험악하기 때문이다.

"OH! 키라리, 미안해~ 내 가슴이 큰 게 나빠! 에잇, 쓸데없이 크고 말이야! 자, 키라리도 때려!"

그런 안 좋은 분위기를 바꾼 건 역시 메리 씨였다.

"따, 딱히 네가 잘못한 건 아닌데……."

"HAHAHA!"

가라앉은 분위기를 확 날려버리듯 호쾌하게 웃는 메리 씨. 그 모습은 마치 서브 히로인과 주인공의 싸움을 중재하는 '진히로인' 같기도 했다.

지금의 그녀는 히로인으로서 키라리와 유즈키를 압도하고 있었다.

그래서 그런가, 류자키도 자꾸 메리 씨만 신경 쓰는 것처럼 보인다.

"메리는 항상 밝구나."

"그래? 나는 평범해!"

"평범하기는. 메리를 보면 나는 기운이 나."

메리 씨 덕분에 최근 류자키는 상태가 좋다. 예전 같은 언동도 늘어나고 있는 점이 조금 불안했다──.

◆

그로부터 또 시간이 흘러 2학기가 시작하고 약 3주가 지났다.

9월 하순. 잔서(殘暑)도 사라지고 요즘은 해가 저물면 쌀쌀해졌다.

조만간 단숨에 계절이 바뀔 것이다. 마침 그 무렵에 우리가 다니는 유키노시로 고등학교에선 어떤 행사가 개최된다.

"여러분. 11월에는 드디어 문화제가 시작하니까, 슬슬 우리 반에서 뭘 할지 정해야 해요~."

오늘 오후 수업은 모조리 LHR(롱 홈룸) 시간이 되었다.

문화제를 안건에 올려놓고 회의하기 위해서다.

"절도를 지킨다면 뭘 해도 괜찮으니까 자유롭게 생각해 보세요~. 여기서부터 진행은 학급위원장에게 맡기기로 할까~? 니오, 부탁해~."

"······네, 알겠습니다."

스즈키 선생님의 말에 학급위원장 니오 니코가 교단에 섰다.

안경과 얌전하게 내려 묶은 머리가 트레이드 마크인 위원장은 담담하게 진행하기 시작했다.

"그럼 아이디어가 있는 사람은 손을 들어주세요."

"나나나!"

그리고 가장 먼저 손을 든 사람은 메리 씨였다.

"메이드 카페가 좋아! 여러 명의 메이드가 손님을 접대하면 지갑이 느슨해지겠지☆ 대신 접대비로 물에 추가 요금을 붙이면 많이 벌릴 거야!"

"안 됩니다. 거기까지 가면 메이드 카페가 아니라 캬바쿠라잖아요. 절도는 지켜주세요."

"OH······ 그럼 휴게소 어때? 우리가 같이 자주거나 마사지해서 피로를 풀어주는 거야! 대신 비싼 요금을 받아서 왕창 벌자!"

"안 됩니다. 그건 리플렉솔로지잖아요. 왜 그런 쪽 아이디어밖에 없는 거예요?"

황당하다는 얼굴로 안경을 고쳐 쓰는 니오.

딱 부러진 성격답게 메리 씨의 폭주를 막고 있지만······ 회의가 잘 진행되고 있냐면 그렇지도 않은 느낌이다.

"다른 아이디어는 없나요?"

"나나나!"

"……우리 반엔 사람이 메리 씨밖에 없는 거예요?"

니오의 담담한 한마디가 조용한 교실에 울려 퍼졌다.

그랬다. 이 자리에서 의욕이 있는 사람은 메리 씨뿐, 다른 아이들은 별로 관심이 없어 보였다.

……아니, 시호는 흥미진진하게 칠판을 보고 있나? 그러고 보면 쟤는 애니나 게임 영향으로 이런 행사를 좋아하지. 하지만 낯가림이 심한 그녀가 손을 들고 발언하는 건 어려우려나.

"반에서 다 함께 하는 거니까, 가능하다면 여러분도 제대로 아이디어를 냈으면 하는데요."

니오가 담담하게 지적했지만, 그것만으로 분위기가 달라지진 않았다.

"""………."""

다들 '누가 손 좀 들어봐'라며 서로를 쳐다본다. 동시에 '문화제 귀찮아……' 하는 분위기도 있어서 그게 더욱 발언을 방해했다.

그때였다.

"맞아! 모처럼 문화제니까 즐겁게 하자!"

분위기에 어울리지 않는, 아주 명랑한 목소리가 울려 퍼졌다.

"나, 문화제는 재미있는 이벤트라고 애니에서 봤어!"

힘찬 바람이 정체했던 공간을 휩쓸고 가는 듯한, 그런 상쾌함이 느껴졌다.

"일본에서 재미있는 추억…… 만들고 싶어."

그러고는 갑자기 풀이 죽어서 중얼거린 메리 씨의 말이 ──분위기를 확 바꿨다.

"흠…… 그래요. 모처럼 먼 나라에서 와 주었으니까, 메리 씨에게 좋은 추억을 만들어주고 싶어요. 다들 그렇게 생각하지 않으세요?"

별로 의욕이 없어 보였던 반 아이들이 우르르 고개를 들었다. 다들 메리 씨의 명랑함과 열의에 자극을 받은 모양이었다.

'……마음에도 없는 소릴 뻔뻔하게.'

하지만 그녀의 진실을 아는 나만은 메리 씨의 철저히 계산된 태도에 소름이 돋았다.

어쩌면 그녀는 문화제를 스토리의 '이벤트'로 쓰려는 건지도 모른다. 그러기 위해서는 반 아이들의 협력도 필요하니까, 고무하는 말을 선택한 거다.

역시 만능형 히로인. 배우로서 재능도, 사람들의 마음을 휘어잡는 능력도 모두 겸비하고 있다. 덕분에 반 아이들은 완전히 적극적으로 변했다.

"그럼 다시금…… 아이디어 있는 사람?"

니오의 질문에 이번에는 메리 씨만이 아니라 여러 개의 손이 올라갔다. 사기가 올라간 1학년 2반 학생들은 일치단결하여 문화제에 임하려고 하고 있다.

그 후로 다양한 아이디어가 나왔다.

음식점, 영화, 귀신의 집, 미로, 점술 등등……. 칠판에 적힌 아이디어는 다수결로 골라내 착착 선택지를 추려 나갔다.

그렇게 마지막으로 남은 건.

"그럼 결정. 이번에 1학년 2반은 '연극'을 하기로 했습니다. 다들 잘 부탁드립니다."

연극이라……. 뭐지. 불길한 예감만 드는데.

뭐, 나처럼 눈에 띄지 않는 녀석은 어차피 스태프로 들어갈 테니 뭐든 상관없지만.

"연극 좋아! 내가 주목받으니까!"

다만 메리 씨가 눈을 빛내며 기뻐하는 게 아주 마음에 걸렸다.

"참고로 대본은 뭘 할까요? 유명한 거라면 '로미오와 줄리엣', '인어공주', '아기 돼지 삼형제', '빨간 망토' 같은 게 있는데요."

……응?

니오, 혹시 '이야기'를 좋아하나.

말이 많아지고 어조도 매끄러워졌다.

"하지만 특히 추천하는 건 '신데렐라'예요. 이건 세상에서 가장 아름다운 이야기예요! ……아, 어디까지나 개인적인 의견이지만요."

아마 말을 마친 뒤에 말이 빨라졌다는 걸 알아차린 모양이었다. 니오는 부끄러운 듯 얼굴이 빨개졌다.

"죄송합니다, 조금 흥분했네요. 여러분의 의견도 들려주세요."

그 말을 기다렸던 걸까.

메리 씨가 바로 손을 들고 이렇게 말했다.

"나! 나는 '미녀와 야수' 하고 싶어!"

"그 이야기는, 음…… 좋네요. 프랑스의 동화인데, 아동용 애니메이션 영화로 만들어지기도 했으니 다들 줄거리는 아시죠?"

니오도 적극적이었다. 반 아이들도 긍정적인 반응을 보였다.

"지금부터 다수결로 정하겠습니다. 마음에 드는 쪽에 손을 들어주세요."

이렇게 대본을 추려냈다.

최종적으로 다수결에서 살아남은 건…… 역시 '미녀와 야수'였다——.

◆

우선 문화제에 뭘 할지 결정했는데, 아직 시간에 여유가 있었다.

따라서 정할 수 있는 범위에서 연극 배역을 나누기로 했다.

"먼저 가장 시간이 걸리는 각본 담당자를 정하겠습니다. 누구 하고 싶은 사람 있으세요?"

니오가 질문했지만 아무도 손을 들지 않았다.

"아무도 없어요? 없다면…… 제가 할까요?"

뜻밖의 발언에 누군가가 '오오'하고 감탄을 흘렸다.

역시 니오는 '이야기'를 좋아하는 모양이었다. 물론 메리 씨처럼 비뚤어진 의미가 아니라 순수한 의미로.

"대, 대단한 각본은 못 쓸 테지만, 할 수 있는 건 해 볼게요. 일단 대학교도 문예학부 지망이라 자기소개서에 보탬이 될 것 같고요."

침착한 어조지만 얼굴이 빨간지라 핑계라는 게 다 보였다.

"그럼 주인공인 미녀와 야수…… 그리고 미녀에게 집착하는 사냥꾼까지 정하기로 하죠."

그 말과 동시에 메리 씨가 힘차게 손을 들었다.

기다렸다는 듯한 기세였다.

"나나! 나 미녀 하고 싶어! 나는 미녀니까!"

그 밝은 발언에 다들 웃었지만, 불만을 제기하는 사람은 없었다.

사실이니까.

"미녀 역할 말이죠……. 또 하고 싶은 사람 있으신가요?"

하지만 바로 결정되진 않았다.

니오는 어떤 인물에게 의미심장한 시선을 보내고 있다.

그 끝에 있던 건——시모츠키 시호였다.

니오의 시선을 따라가듯 반 아이들의 시선이 그녀에게 모여들었다.

뭐, 다들 무슨 소릴 하고 싶은지는 이해한다.

우리 반의 미녀라고 하면 가장 먼저 이름이 올라가는 사람은 '시모츠키 시호'니까.

하지만 숙박 학습 때 무대에서 시호가 우는 모습을 다들 봤겠지.

그러니 연극에 설 수 없다는 건 이해하고 있을 것이다.

"으윽."

지금도 시호는 아이들이 쳐다보자 움찔 몸을 굳히고 고개를 홱 돌려버렸다.

내가 옆에 없을 때는 대체로 저런 느낌이다. 낯가림을 완전히 극복한 게 아니었다.

그 반응을 보고 니오는 미안하다는 듯 시호에게서 시선을 돌렸다.

"크흠. 아무도 없는 것 같으니까, 그럼 메리 씨에게 미녀를 맡기겠습니다."

수습하듯 헛기침을 한 후 니오는 칠판에 메리 씨의 이름을 적었다.

"잘 부탁해! 이야, 미녀로 태어난 이상 미녀로서 책임을 다하겠소이다~!"

메리 씨는 시호 때문에 한순간 흔들렸던 분위기를 정돈하듯 밝은 목소리로 말했다. 전염되듯 교실에서 다시 웃음이 터졌다.

남아있는 주요 배역은 앞으로 둘.

야수하고 악당인 사냥꾼인데, 주인공이라고도 할 수 있는 그 녀석이 있으니 하나는 결정된 거나 마찬가지다.

"아, 그래! 야수는 료마가 좋겠어!"

"네. 누구 하고 싶은 사람은…… 없는 것 같으니, 괜찮네요."

메리 씨의 추천이 있어서 그런지 부정하는 목소리는 없었다.

"내가 하라고?"

"료마라면 괜찮아! 잘생겼으니까!"

"……야수는 얼굴과 상관없지 않아?"

그런 소릴 하고 있지만 메리 씨의 칭찬에 내심 좋아하는 모양이었다.

남은 건 '사냥꾼'뿐이다. 이건 누가 하려나?

역할상 여자가 할 리는 없으니까 남자 중 누군가일 테지만…… 적절한 사람이 없는 것 같다.

생김새로 따지라면 키가 크고 근육질인 하나기시라면 나쁘지 않을지도 모른다.

──그렇게 나와는 상관없다고 완전히 방심했었다.

"나나나! 나 추천해도 돼?"

불길한 손이 올라갔다.

그 손의 주인은 당연히 메리 씨였다.

"사냥꾼은…… 코타로를 추천할게!"

……진심이냐?

설마했던 발언에 반이 술렁거렸다.

"코타로라면…… 나카야마?"

"어? 아니, 그건 좀…….."

"어색하지 않아?"

다들 당혹스러워했다. ……아니, 내가 더 당황했다.

'평범하게 생각해서 무리잖아.'

아쉽게도 나에게 주역은 어울리지 않는다.

사냥꾼을 맡기에는 너무 '심심한 생김새'라는 건 다들 공통된 의견인 모양이었다.

"하하! 메리, 농담도 적당히 해."

심지어 메리의 발언을 진지하게 받아들이지 않았던 류자키의 웃음소리가 울리자 그녀의 발언은 다른 아이들에게 '농담'으로 인식되고 말았다.

아마 메리 씨의 시나리오에서는 내가 사냥꾼을 해야 하는 거겠지.

"농담 아니야! 코타로여도 어울려!"

어떻게든 진심으로 추천하려고 했지만 이미 아무도 제대로 들어주지 않았다.

"야야, 나카야마! 진짜 안 어울린다. 네가 할 거면 내가 할까?"

문득 앞자리에 앉은 하나기시가 웃으면서 나를 돌아보았다.

메리 씨만큼은 아니지만 쾌활한 녀석이므로 이런 무대에는 하나기시가 더 적합하다. 분명 다들 그렇게 생각할 것이다.

"흠, 그럼 다수결로 정할까요. 나카야마 씨와 하나기시 씨, 추천하는 쪽에 손을 들어 주세요."

이렇게 된 이상 이미 하나기시로 정해진 거나 마찬가지다.

'의외인데……. 메리 씨의 말이라고 해서 다 받아들여지는 건 아니구나.'

영락없이 모든 게 그녀의 손바닥 위에서 굴러간다고 생각했다.

실제로 중간까지는 메리 씨의 예상대로 움직였을 것이다.

하지만 나라는 말의 가치를 잘못 본 모양이다. 체스판 위에 두기에는 더 흐름을 갖춘 뒤가 나았던 건지도 모르지.

"…………."

메리 씨도 방도가 없는 모양이다. 웃는 얼굴인 채로 굳어서 칠판을 보고 있다.

이대로는 그녀의 시나리오가 파탄난다――그렇게 생각한 순간이었다.

"그럼 먼저 나카야마 씨를 추천하는 사람은 손을 들어주세요."

니오의 발언과 동시에,

"넷, 네."

작은 목소리가 들렸다.

하지만 그 투명한 목소리는 마치 풍경 소리처럼 교실에 울려 퍼지며…… 반 아이들의 귀에 전해졌다.

"…………어?"

누군가의 당황한 목소리가 흘러나왔다.

무리도 아니었다. 왜냐하면 지금…… 홀로 손을 들고 있는 사람은, 그 시모츠키 시호니까.

아까는 시선을 받기만 했는데도 움찔거렸으면서.

"코, 코타로를, 추천…… 합니다."

심지어 손만 든 게 아니라 말도 했다.

긴장한 건지 들어 올린 손끝도 작은 목소리도 사정없이 떨렸지만…… 용기를 쥐어짜는 듯한 그 동작이 반 아이들의 심금을 울렸다.

낯가림이 있는데도 불구하고 열심히 노력하는 그녀의 열성적인 모습을 보며 아무 감흥도 느끼지 못하는 사람은 없을 것이다.

그 순간 흐름이 바뀌었다.

"""——네."""

몇 명이 시호를 따라가듯 손을 들자, 그게 연쇄를 낳으며 다들 하나둘씩 손을 들기 시작했다. 심지어 하나기시까지 손을 들었다. ……사람 좋은 녀석이니까. 분명 시호의 노력을 보고 감동한 거겠지.

그 결과——순식간에 찬성자가 과반수를 넘겨서 내가 사냥꾼이 되고 말았다.

메리 씨는 바꾸지 못했던 흐름을 시호가 강제로 만들었다.

그게 의미하는 바는——즉, 시호가 '수준 미달 히로인'이 아니라는 것.

메리 씨의 평가는 역시 틀렸다.

시모츠키 시호는 논리를 뛰어넘었으니까.

그녀의 의사는 도리나 상식을 뒤엎고 스토리를 바꿔버릴 만한 힘이 있었다.

시호야말로 진정한 의미의 '메인 히로인'이다.

'……메리 씨는 운이 좋았네.'

이번에는 우연히 시호가 편을 들어준 덕분에 시나리오

대로 진행할 수 있었지만.

앞으로도 이번처럼 시호가 도와줄 거라는 보장은 없다.

'메리 씨가 정말로 '창작자'인 건지, 아니면 그냥 '추가 히로인'인 건지. 배신하는 건 그걸 제대로 간파한 뒤에 할까.'

……응? 요즘 자꾸 머리가 술렁거린다.

하지만 작은 위화감이다. 신경 쓰지 않아도 괜찮겠지——.

☆

너무 긴장해서 죽는 줄 알았다.

"모, 몸이 계속 떨려…… 좀, 너무 무리했나?"

학교에서 돌아가는 길.

익숙하지 않은 짓을 하는 바람에 피곤했던 시호는 코타로와 함께 산책했다.

"이거 봐, 코타로. 덜덜덜~."

긴장의 여운으로 아직도 떨리는 손을 들었다. 코타로는 그걸 보고 작게 웃었다.

"시호는 낯을 가리면서 용케 그런 상황에 손을 들 수 있었구나."

"나, 낯가리는 거 아니거든! 전생에 토끼라서 영역 의식이 강한 것뿐이지……. 봐, 귀가 쫑긋거리잖아? 이건 토끼였던 흔적이야!"

귀가 움직인다는, 참으로 써먹을 곳 없는 특기를 보여주었다.

"토끼였구나. 확실히 시호는 토끼를 닮았지."

그런 시시껄렁한 일로도 코타로는 웃어주기 때문에, 시호는 그게 기뻤다.

"……미안해, 돌아가게 해서."

본래대로라면 코타로는 버스를 타고 귀가하는 게 더 빠르다. 한편 시호는 걸어서 갈 수 있는 거리에 집이 있으므로 같이 하교해봤자 평소엔 몇 분 만에 헤어지게 된다.

하지만 오늘은 금방 혼자가 되는 게 무서웠다.

'지, 지금 다시 떠올려도 긴장돼……!'

아이들 앞에서 손을 들었을 때, 수많은 시선이 시호에게 집중되었다. 동시에 여러 개의 감정이 한꺼번에 흘러들어와, 그게 소음이라는 형태가 되어 시호를 고통스럽게 했다.

손이 계속 떨리는 건 여전히 소리가 남아있기 때문이다.

코타로에게는 미안하지만 그게 진정될 때까지는 같이 있었으면 해서, 그런 마음으로 그를 붙잡았다.

"시호…… 그렇게 될 때까지 애쓰지 않아도 괜찮았는데."

"하, 하지만 코타로의 무대를 보고 싶었는걸. 사실은 야수가 좋았지만, 그쪽은 어째서인지 바로 류자키로 결정됐으니까. 그게 좀 아쉬워."

"사냥꾼으로도 어깨가 좀 무거운데……."

다만 코타로의 반응은 별로 좋지 않았다.

'혹시 폐였던 걸까…….'

순간 그런 불안이 머리를 스쳤다.

하지만 코타로는 역시나 평소처럼 '코타로'였다.

"아니, 시호가 모처럼 애써서 추천해준 거니까 이런 말을 하면 안 되겠다. 응, 고마워. 시호의 기대에 부응할 수 있도록 나 나름대로 전력을 다할게."

앞서나가는 시호의 감정을 이해하고 받아 들여준다.

타인의 마음을 제대로 고려해주는 부분이 코타로의 장점이었다.

'으으…… 이번에는 다른 의미로 두근거려.'

온화한 미소를 보고 있었더니 거꾸로 가슴이 술렁거렸다.

"에, 에이. 갑자기 멋있는 소리 하지 마……. 괜히 더 긴장되잖아."

빨개졌을 얼굴을 가리기 위해 떨리는 손바닥을 앞으로 내밀었다.

다음 순간──그가 갑자기 손을 잡았다.

"어? 저기, 으응? 코타로, 어라? 왜, 왜 그래?"

갑작스러운 기습에 대응할 수 없었다.

손을 잡히는 바람에 가까스로 뚜껑을 덮고 있던 '사랑'이라는 감정이 단숨에 범람한다.

얼굴이 뜨거워서 폭발해버릴 정도였다.

그런 상황에서 코타로는 미소 지으며 이렇게 말했다.

"──고마워."

고마워하는 마음을 엮어낸다.

감정이 폭발했던 건 시호만이 아니었던 모양이다.

"이렇게 벌벌 떨 정도로 나를 위해 노력해줘서 고마워……. 사실은 무리하지 않았으면 하지만, 시호가 그렇게 생각해주는 건 솔직히 기뻤어."

노력을 인정해준다.

애정을 받아들여 준다.

그러면서 기뻐해 주었다.

'손을, 놓고 싶지 않아.'

계속, 계속 잡고 싶다.

그의 온기를…… 소리를 더 느끼고 싶다.

그런 충동에 사로잡혔다.

"……갑자기 이런 짓을 하다니 치사해. 두근거려서 손이 더 떨리잖아."

그래서 계속 잡고 있으라는 뜻으로 한 말이었지만.

"그, 그래? 그렇다면, 그게……."

시호의 말을 듣고 코타로가 당황한 듯 손을 놓으려고 했다.

'에휴……. 아직 손을 잡는 걸 황송해하는 건가?'

그는 '나 같은 게 잡아도 되나?' 같은 생각을 하고 있을지도 모른다.

그런 비굴한 사고방식을 시호는 용납하지 않았다.

이번에는 반대로 시호가 손을 꽉 붙잡았다.

"그러니까——책임지고 떨림이 멈출 때까지 잡고 있어 줘."

어리광부리듯 몸을 바싹 붙이면서.

그렇게 말하자 코타로도 얼굴이 빨개졌다.

"시호도, 치사해……. 이런 건 익숙하지 않으니까 나도 긴장했는데."

"그건 피차일반이지. 나만 얼굴이 빨개지는 건 불공평하잖아. 민망해할 거면 둘이 같이하는 게 나아."

그렇게 말하며 웃자 코타로도 웃어주었다.

학교에서는 무뚝뚝한 표정일 때가 많은데, 시호와 단둘이 있을 때면 코타로는 항상 웃어준다.

그게 마음을 열어준 것처럼 보여서 시호는 기뻤다.

'언젠가 긴장하지 않을 정도로 자연스럽게 손을 잡을 수 있게 되면 좋겠다.'

두 사람의 거리는 조금씩 가까워진다.

그 속도는 변함없이 느리다. 하지만 착실하게 앞으로 나아가고 있었다——.

◆

시호와 손을 잡은 뒤.

『어쩐지 가슴이 꽉 찬 느낌이니까 오늘은 집에서 쉴래.』

그런 이유로 시호는 웬일로 우리 집에 오지 않는다고 했다.

그녀를 집에 바래다준 후 나도 귀가하려고 했지만……역시 시호 때문에 나도 살짝 흥분한 상태라서 간단히 쇼핑하러 나가기로 했다.

목적지는 역 근처에 있는 커다란 서점.

어디 보자, 분명 이 근방에…… 찾았다.

그림책 코너 한구석에서 찾던 책을 발견했다. 예쁜 여자와 야성적인 야수가 그려진 그림책. 제목은【미녀와 야수】다.

사냥꾼이 되었으니 공부하기 위해서도 사기로 했다.

계산을 마치고 그대로 집에 돌아가려고 서점을 나섰다.

그 직후였다.

"…………어."

아는 얼굴과 딱 마주쳤다.

"별일이네, 코 군이잖아."

털털한 태도에 조금 놀랐다.

한때 친구였던 그녀는 마치 이전과 전혀 달라진 게 없는 관계인 것처럼 말을 걸어왔다.

"어, 응……. 오랜만이야, 키라리."

대략 몇 달 만에 하는 대화더라?

어쩌면 입학식 이후 처음일지도 모르는 대화에 어색함

을 느꼈다.

그런 나를 향해 키라리는 역시나 웃고 있었다.

"뭐야. 학교에서 매일 보잖아. 건망증이라도 있어? 냐하하."

키라리는 염색한 금발과 비취색 컬러 콘택트렌즈가 어울리는 갸루 스타일의 소녀이다. 교복도 헐렁하게 어레인지해서 입었는데 가슴팍이 조금 보이는 게 신경 쓰였다.

그런 키라리를 보면 자꾸만 과거의 모습을 떠올린다.

중학생 때까지는 검은 머리카락이었다. 심지어 정수리 가까운 위치에서 동그랗게 말아 묶었고, 안경도 썼었다. 교복도 단정하게 입는 청초한 타입이었는데…… 이젠 흔적도 찾을 수 없다.

그래서 차마 과거의 '키라리'와 현재의 '키라리'가 같은 사람이라는 생각이 들지 않았다.

중학생 때 그녀는 항상 혼자였다.

학교에서도 소설이나 라이트노벨만 읽으며 아무와도 대화하지 않았다.

하지만 어느 날…… 국어 수업 때 '짝꿍이 추천하는 책 읽기' 과제에서 나는 우연히 키라리와 짝꿍이 되었다.

그게 그녀와 친구가 된 계기였다.

『이거 재미있어. 너처럼 얌전한 소년이 여자애들에게 인기남이 되는 작품이거든.』

『이것도 읽어볼래? 이것도 얌전한 소년이 이세계에 가서 대활약하는 이야기야.』

『이거 읽어봐. 얌전한 남자애와 얌전한 여자애가 아무튼 알콩달콩하게 만나는 러브코미디거든!』

키라리는 딱히 친구를 사귀고 싶었던 건 아니었을 것이다.

다만 자기가 좋아하는 작품을 주제로 이야기하고 싶었던 것뿐인지도 모른다.

당시에도 나는 주체성이 없고, 남이 시키는 걸 할 뿐인 인간이었지만 그게 그녀에게는 마침 입맛에 맞았던 모양이다. 다양한 작품을 읽게 되었고, 배우고 이해했다. 키라리의 고찰과 감상에 귀를 기울이며 맞장구를 치고, 때로는 토론을 하기도 했다.

덕분에 나는 픽션의 구조를 잘 알게 되었다. 그 영향인지 현실 세계에도 그런 이미지를 씌우고 생각하게 되고 말았다.

내가 이런 '서술' 같은 사고방식을 갖게 된 건 키라리의 영향이 크다. 중학생 때 그녀는 그 정도로 나에게 '특별'한 존재였다.

나는 그녀의 화법을 좋아했다.

특징은 없지만 온화하고 조용한 목소리는 아무리 들어도 질리지 않았다.

나는 그녀의 헤어스타일도 좋아했다.

검은 머리카락을 공처럼 동그랗게 말아서, 멀리서 봐도 실루엣만으로도 키라리라는 걸 알 수 있어서 고마웠다.

나는 그녀의 안경도 좋아했다.

조금 사이즈가 컸던 건지 자꾸 안경 위치가 미끄러지기 때문에 키라리는 툭하면 안경을 만져서 위치를 조정했다. 그 동작이 아주 귀여웠던 것이 기억에 선명하다.

나는 그녀의 성격도 좋아했다.

다른 사람의 개입 없이 '자신'을 확고하게 형성한 키라리를 무척 동경했다.

하지만 고등학교 입학식에서 류자키 료마를 만나고…… 그녀는 자신을 죽였다.

『코 군, 미안해. 나 좋아하는 사람이 생겼어. 그 사람이 돌아봐준다면 뭐든 할 거야……. 지금까지의 나를 죽여서라도, 나는 그 사람이 좋아하는 '내'가 되고 싶어.』

류자키의 '외국 같은 느낌이 좋다'는 발언을 곧이곧대로 받아들여 예쁜 흑발을 금색으로 물들였다. 머리카락 색에 맞춰서 말투도 바꾸고, 성격도 틀어버리고, 그저 류자키 마음에 드는 여자로 자신을 변화시켰다.

그 탓에 내가 좋아하던 '아사쿠라 키라리'는 사라지고 말았다.

'키라리는…… 정말로 지금 모습에 만족하는 거야?'

설령 지금의 키라리를 류자키가 좋아하게 된다고 해도.

그건 정말로 키라리가 사랑받고 있는 걸까.

자신을 잃어버린 키라리를 보고 있으면 왠지 아주 슬퍼진다.

"그…… 내일 보자."

이 이상 지금의 그녀를 볼 수 없었다.

바로 집에 돌아가려고 했는데, 키라리가 나를 불러 세웠다.

"뭐야, 벌써 가게~? 중학생때부터 친구였는데 섭섭한 소리 하지 마."

심지어 그녀는 친근하게 어깨동무를 해왔다.

……놀랐다. 키라리 안에서 나는 아직 '친구'로 분류되고 있었던 모양이다. 그렇다면 1학기 때는 대화가 너무 없었던 것 같은 느낌이다.

하지만 지금은 이미 키라리에게 화를 낼 수 있을 만한 열량이 없다.

그래서 평소와 똑같이, 냉정하게 대할 수 있었다.

"그래. 일단은 중학생 때부터 알고 지냈지."

"추억이다……. 중학생 때는 꽤 자주 대화했었지? 라노벨 같은 거 읽으면서~. 지금 생각해 보면 참 부끄럽다니까."

"……딱히 부끄러운 일은 아니라고 보는데. 이젠 안 읽어?"

"당연하잖아. 갸루가 되었으니까 라노벨은 안 되지. 애초에 책을 전혀 안 읽는데~?"

"그럼 왜 서점에 있는 거야?"

그렇게 물어본 순간 키라리의 얼굴에서 불현듯 미소가 사라졌다.

"……어째서, 일까."

자신도 자신을 잘 이해하지 못하는 것 같았다.

그런 모습이…… 정말로 차마 볼 수 없을 만큼 안쓰러 웠다.

"……아, '미녀와 야수'잖아. 맞다, 그러고 보면 코 군은 사냥꾼을 하게 됐지? 그래서 공부하는 거야? 오, 대단한데?"

노골적으로 화제를 바꿔서 대화를 이어가려는 그 태도도.

"평범한 거지. 그러는 키라리는 아무것도 안 사? 나는 이대로 집에 갈 건데."

"자, 잠깐만! 조금만 더…… 아, 그래! 책 뭐 추천해줘. 옛날에는 내가 많이 추천했었잖아? 뭐라도 사서 읽을 테니까 전처럼 또 감상 나누지 않을래?"

나한테 매달리는 듯한 그 말도.

전부 마음에 들지 않는다.

아니, 인정하기 싫다.

이런 키라리는 보고 싶지 않다.

"──굽신거리지 마."

무심코 입 밖으로 나오고 말았다.

슬펐으니까.

"나 같은 녀석에게…… 비위 맞추려고 들지 마. 한심한 모습을, 힘없는 얼굴을, 꼴사나운 태도를 보여주지 마."

한때는 그렇게 당당하고 멋있었던 키라리가.

지금은 자기 발로 서 있지 못할 만큼 약해졌으니까.

"류자키와 삐걱거린다고 이번에는 나한테 접근하는 거야?"

아즈사와 말다툼한 일로 키라리와 류자키의 관계가 조금 꼬여있는 거겠지.

본래대로라면 방과 후 키라리는 항상 류자키의 집에 놀러 갔을 텐데…… 그러지도 못하고, 하지만 집에서 혼자 있는 것도 견디지 못하고 밖을 어슬렁거리고 있었던 건지도 모른다.

그런 참에 나를 발견하고, 과거를 떠올리고…… 나라면 외로움을 메워줄 거다——같은 생각을 한 거라면 정말로 불쌍했다.

"키라리는 변했어. 아니, 변해버렸어. 그런 네가, 나는……!"

나는 정말 아쉽다.

그 한마디를 하기에는, 키라리의 얼굴이 너무나도 안쓰러워서…… 차마 끝까지 말할 수가 없었다.

"——윽."

키라리가 너무 슬퍼 보였으니까.

'왜 아무 말이 없어. 반박하라고!'

이전의 강인하던 키라리라면 분명 잘난 척 떠들어대는 나에게 무언가 반박했을 텐데.

자신을 바꿔버린 결과 그녀는 그런 강인함을 잃어버렸다.

"……미안해, 말이 지나쳤어."

그렇지 않아도 상처받은 키라리에게 이 이상 상처를 줄 수는 없었다.

"어, 아, 아냐, 괜찮아. 벼, 별로…… 신경 안, 쓰니까."

아아, 안 되겠다.

"그럼 슬슬 갈게. 미안해."

마지막으로 한 번 더 사과한 뒤 잰걸음으로 그 자리를 떠났다.

분명 키라리는 내 등을 바라보고 있을 테지.

그런 그녀를 직시할 수 없었다──.

──화나게 만들고 싶은 건 아니었다.

그냥 옛날처럼…… 잠시, 사이 좋게 잡담하고 싶었던 것뿐인데.

"하아……."

한숨을 쉰 뒤 키라리는 서점 근처에 있던 휴게용 벤치에 앉았다.

'코 군에게도 미움받았나……?'

중학생 때의 친구와 대화한 건 아주 오랜만이었다.

서점에 갔다가 우연히 그와 재회했을 때는 '혹시 운명인가?!'——하고 기대했는데, 말을 걸어도 그는 계속 차가웠다.

눈도 마주치지 않고, 심지어는 '굽신거리지 마'라며 화를 냈다.

"내가 변했다고? 아니, 코 군이 변한 거야."

그의 말을 떠올리고 천천히 고개를 저었다.

'중학생 때는 더 무뚝뚝하고, 말수도 없고, 무심하고…… 무슨 생각을 하는지 알 수 없었는데.'

말을 걸면 대답해주고, 무언가를 하면 반응해주지만, 아무것도 하지 않으면 정말로 아무것도 해주지 않는, 마치 로봇 같은 사람이었다.

하지만 고등학생이 되고…… 아니, 정확하게 말하자면 어떤 여학생과 친해진 뒤로 그는 변했다.

'시모츠키 시호가 코 군을 바꾼 거야…….'

숙박 합숙 때, 제 눈을 의심했다.

'멋있었어.'

솔직하게 그렇게 생각했다.

한 소녀를 지키기 위해 필사적으로 류자키에게 맞서는 모습을 보며 감동하지 않았다고 한다면 거짓말일 것이다.

'……그렇게 멋있어질 줄은 몰랐는데.'

동시에 후회도 밀려들었다.

아무리 호의를 표해도 자신을 거들떠보지도 않는 료마를 좋아하게 된 걸…… 아주 조금, 후회하고 말았다.

'시모츠키 시호는 대단해. 류 군에게 사랑받으면서 코 군을 선택하다니. 심지어 코 군을 바꿨어……. 나는 아무것도 바꾸지 못했는데.'

무의식중에 몸을 끌어안았다.

떨릴 것 같은 자신의 몸을 두 팔로 누르며 그녀는 툭 중얼거렸다.

"나는, 안 되는 거야?"

시호는 되고, 키라리는 안 되고……. 그런 건 불공평하다.

'딱히 첫 번째가 아니어도 괜찮은데……. 대역으로 봐도 상관없어. 사랑해준다면 나는 얼마든지 나를 바꿀 수 있어. 그런데 어째서 돌아봐 주지 않는 거야?'

──그저 사랑받고 싶다.

고작 그것뿐인데…… 왜 아무도 그 마음을 받아주지 않는 걸까.

"나는 어떻게 해야 해? '과거의 나'는 안 되는 거잖아…… 그렇다면 '누가' 되어야 해?"

그 질문에 대답해주는 사람은 없다.

그녀의 비통한 목소리는 아무에게도 들리지 않고 사라졌다——.

🌸 제5화
따뜻한 스토리를 끝내는 법

시간은 흘러간다. 천천히, 하지만 일정하게.

10월 초. 여름방학의 여운도 완전히 빠지고 하복 혼용 시기도 끝난 요즈음…… 드디어 연극 각본이 완성되었다.

"죄송합니다, 조금 늦어졌어요. 예정으로는 지난주에 대본 리딩도 하고 싶었는데…… 읽는 것과 쓰는 건 상당히 다르네요."

문화제 준비 시간으로 마련된 LHR에서 각본을 담당한 니오가 배우들을 모아 각본을 나눠주었다.

"문화제까지 앞으로 한 달. 바쁜 스케줄이 되겠네요……. 배우 여러분이 열심히 해주셔야 하는데, 잘 부탁드립니다."

"HAHAHA! 늦었지만 괜찮아! 잘 부탁합니다!"

"메리, 늦었다고 하면 안 돼. 만들어준 것만으로도 고마운 거잖아."

메리 씨는 변함없이 학교에서는 명랑하게 굴었다.

류자키는 그런 그녀에게 영향받은 건지 최근에는 완전히 기운을 회복했다. 표정에도 미소가 늘었다.

"그럼 스토리를 확인해주실래요? 그리고 대사나 스토리가 이상하면 사양하지 말고 말해주세요."

그 말에 페이지를 넘겼다.

◆

　——어느 날, 이웃 나라의 왕자님이 나쁜 마녀의 마법에
걸려 야수가 되었다. '진정한 사랑'을 찾지 못한다면 마법
은 풀리지 않는다고 한다.

　그로부터 10년이 지났다.

　한편 마을의 유명인인 미녀는 잘생겨서 인기가 많지만,
경박하고 자만심이 넘치는 사냥꾼의 구혼을 받고 있었다.
미녀는 독서와 공상을 좋아하는 얌전한 소녀다. 사냥꾼처
럼 강압적이며 자기중심적인 인간을 싫어해서 구혼에도
지긋지긋해했다.

　그러던 어느 날, 미녀는 숲에서 길을 헤매다 야수에게 잡
혔다. 야수는 자기를 사랑하라고 막무가내로 요구하지만,
미녀는 의연하게 거절한다.

　이후 미녀는 숲속 깊은 곳에 있는 고성에 감금당한다.
처음에는 울기만 하던 미녀였지만, 그곳은 신비한 장소로
수다스러운 가구들이 있었다. 그들은 미녀를 위로해주었
고 미녀도 조금씩 기운을 차렸다.

　다만 야수는 계속 구혼했다. 미녀가 거절해도 야수는 매
일같이 사랑하라고 요구했다.

　협박에 굴하지 않는 미녀를 보며 야수는 미녀의 강인한

마음에 이끌리게 된다. 미녀도 야수의 다정한 본성을 알고 사랑하게 된다. 이렇게 두 사람은 서로에게 끌리지만……어느 날, 미녀를 찾던 사냥꾼이 성으로 쳐들어왔다.

사냥꾼과 야수는 싸웠고, 야수가 이겼다. 하지만 야수는 치명상을 입어 위험한 상태였다.

그때 미녀는 야수에게 사랑한다고 고백한다. 죽지 말라고 소리치며 야수에게 키스하자──놀랍게도 야수는 원래의 왕자님으로 돌아왔다.

야수였던 청년은 드디어 진정한 사랑을 손에 넣고 마법이 풀린 것이다.

그렇게 두 사람은 영원히 서로를 사랑했다──.

◆

대략적인 줄거리는 유명한 영화와 거의 같았다.

"그럼 바로 연습해볼까요. 저도 최대한 열심히 도울게요."

니오의 리더십에 따라 드디어 문화제 준비를 본격적으로 시작했다.

대사가 많고 액션도 필요하고 연기도 어느 정도 봐줄 만한 수준으로 단련해야만 한다. 그렇게 생각하니 한 달이라는 시간은 제법 짧았다.

다만 연기는 해 보니까 의외로 괜찮았다.

"나카야마 씨 잘하네요……. 어쩐지 의외예요. 아, 죄송합니다. 얌전하다는 인상이 강하다 보니 남들 앞에서 대사를 줄줄 읊는 걸 보고 놀랐어요."

가장 불안했던 분야지만…… 의외로 간단하다는 생각마저 들었을 정도다.

나는 왜 연기를 어려워하지 않는 거지?

짐작 가는 바라면, 역시나 어린 시절부터 '누군가가 요구하는 인물이 된다'는 걸 의식하며 살았기 때문인 걸까.

아즈사와 의붓남매가 되었을 때는 아즈사가 찾던 '오빠'가 되려고 했다.

키라리와 사이가 좋았을 때는 키라리가 바라는 '뭐든 이야기할 수 있는 친구'가 되었다.

소꿉친구인 유즈키와는, 유즈키가 기뻐하도록 '뭐든 의지하는 인간'이었다.

그 연장선에 있던 게 스위치 전환이다.

물론 시호에게 '스위치 누르지 마'라는 말을 들은 뒤로 안 하고 있지만.

위화감이 없는 정도의 연기라면 딱히 의식하지 않아도 소화할 수 있는 모양이다.

"우와, 예뻐라. 이거 직접 만든 거야? 대단해."

대본을 분석하며 읽고 있었더니 문득 그런 대화가 귀에 들어왔다.

시선을 주자 아즈사가 생글생글 웃으며 같은 반 여자애와 대화하고 있었다.

"수공예부에선 옷도 만드는구나?! 우와아."

아즈사는 연극에서 수다스러운 찻잔 역할을 맡았는데, 의상 담당에게 인형탈을 받고 신이 나 있었다.

요즘은 많이 밝아졌고 반 아이들과도 친해졌다. 류자키 하렘에 있을 때는 하렘 멤버하고만 대화했었는데. 좋은 징조다.

이렇게 배우도 스태프도 협력하며 문화제를 위해 각자 준비를 진행했다.

문화제까지 2주만 남아 살짝 조급함을 느끼기 시작했을 때.

"시호, 내일 또 봐. 애니만 보지 말고 숙제 다 해야 한다?"

하굣길. 근처 버스 정거장까지 같이 걸어가서 거기서 헤어진다.

그녀의 집은 그리 멀지 않으니 어두워지기 전에는 도착할 수 있겠지.

그렇게 생각하며 일찌감치 내일 보자고 인사했는데.

"끄으으으으응."

시호가 내 벨트를 잡아당겼다.

"꾸억."

덕분에 배가 압박당해서 괴성이 나왔다.

뭐, 뭐야? 왜 그렇게 화난 건데?

이해할 수 없어서 혼란스러워하고 있었더니 시호는 그제야 이유를 가르쳐주었다.

"치, 치사해! 메리 씨하고만 대화하고……. 나한테도 조금은 관심을 보이라고. 이렇게 외로워하고 있는데! 한계야…… 나 화났어!"

──그녀는 질투하고 있었다.

화, 확실히 연극 연습 때문에 메리 씨하고 대화하는 일이 늘어났다.

하지만 어디까지나 연습인데…… 시호는 메리 씨에게 질투하고 있었다.

……어? 아니. 그거 이상하지 않아?

"으, 응원해준다며? 나를 사냥꾼으로 추천한 건 시호인데?"

히로인 파워로 나를 사냥꾼 자리에 앉혀놓은 건 시호다.

하지만 시호는 아무래도 아무 생각도 없었던 모양이다.

"예, 예상하지 못했어……. 나는 그냥, 코타로의 멋있는 모습을 볼 수 있을 것 같다고 생각한 거지, 다른 여자애와 그렇게 찰싹 붙어있을 줄은 몰랐다고! 이건 바람이야……. 요즘은 대화도 잘 안 해주고, 혹시 이게 '권태기'인 건가? 안 돼, 나는 아직 활활 불타는데? 코타로 옆에 있기만 해도 아직 히죽거리는데? 이렇게 갸륵하게 코타로를 생각하고 있으니까 더 많이 놀아달라고. 자, 그러니까 네 집에 가자. 엄마에게는 늦어진다고 전화할 테니까 괜찮아. 오늘은 실컷 잔소리해주겠어. 코타로에게는 내 친구로서 자각이 부족해!"

어쩐지 이런 것도 오랜만인 느낌이 든다.

나는 반쯤 웃으면서 시호에게 질질 끌려가 버스에 탔다.

……뭐, 좋아.

대화가 부족하다고 느낀 건 나도 마찬가지니까——.

나 왔어, 아즈냥.

지금부터 코타로에게 잔소리 좀 할 거니까 방에 들어오지 말아줘.

어? 말 안 해도 안 들어온다고?

언니랑 놀고 싶으면서 허세 부리다니 귀여워라……. 하지만 미안해. 오늘은 코타로와 제대로 담판을 지어야 하니까 다음에 놀자.

에휴, 아즈냥은 정말 츤데레라니까.

자, 코타로도 가자.

……뭐야, 왜 웃는 건데? 반성하지 않은 거야? 이거, 잔소리 시간이 길어질지도 모르겠네.

어? 내 뺨이 복어처럼 빵빵해서 귀엽다고? 그, 그그그그 그렇게 칭찬해도 하나도 안 기쁘거든!

하지만, 어쩔 수 없지. 잔소리 시간을 조금만 줄여줄게. 그러니까 더 칭찬해도 괜찮아.

…………그, 그건 과하고.

천사처럼 가련하고 아름답고 보기만 해도 행복해질 정도로 반짝반짝 빛난다니, 그 정도까진 아닌걸. 나는 기껏해야 천사처럼 가련하고 아름답고 보기만 해도 행복해질 정도일 뿐이야.

어? 그렇게까지 말하진 않았다? 게다가 전혀 '겸손'하지 않다?

겸손이 뭐지……. 아, 혹시 어려운 단어로 휘둘러놓으려고 하는 거야? 그렇게는 안 될걸! 나는 아직 기분이 안 좋거든? 바나나를 빼앗긴 원숭이처럼 키이익! 하고 화났거든!

자, 무릎 꿇고 앉아!

아, 하지만 바닥이면 무릎 아프니까 침대 위에서 해. 나는 정말 친절하다니까. 이렇게 마음이 넓은 여자는 잘 잡아야 하는 거라고.

나 참, 코타로는 심술쟁이. 나는 어리광을 받아줄수록 성장하는 타입이라고. 방치하거나 혼나거나 차갑게 대하면 토끼처럼 외로워져서 죽어버린단 말이야.

내가 죽어도 괜찮아? 아, 미안해. 농담으로라도 죽는단 말은 하면 안 되지. 다들 소중히 아껴주는 몸이니까 나도 소중히 해야 해…… 아니, 이게 아니고!

또 화제를 돌리려고 해도 소용없어!

……어? 코타로는 아무 말도 안 했다고? 내가 혼자서 폭주했다고? 그래, 나는 지금 악마 모드야. 그러니까 코타로가 내가 천사 모드가 될 때까지 제대로 놀아줘.

애초에 내 입으로 말하는 것도 좀 그렇지만, 나는 아주 단순한 여자거든? 그냥 나 말고 다른 여자랑은 대화하지 말고, 나만 보고, 나만 사랑해주면 만족할 만큼 쉬운 여자인데…… 어? 쉽지 않다고? 좀 귀찮다고? 하지만 그런 점도 귀여워?!

……흐, 흐으응?

코타로, 칭찬하는 솜씨가 늘었네.

제법이야. 지금 그 말엔 좀 놀랐어.

별로 귀찮게 치대고 싶지는 않지만…… 코타로가 친구가 된 뒤로 내 감정을 멈출 수가 없어.

그러니까…… 응? 더 관심을 줘.

아직 부족해. 아니, 만족한 적이 없어. 코타로가 같은 집에 살면 좋을 텐데──몇 번을 그렇게 생각했는지 몰라.

그런 상태인데 연기라고 해도 다른 여자애와 시시덕거리는 걸 보여주는 걸 어떻게 참으라는 거야.

응? 코타로. 나 어떻게 해야 해?

딱히 폐를 끼치고 싶은 건 아니야.

코타로가 나를 특별하게 생각해준다는 것도 잘 알아.

네가 다른 여자에게 관심이 없다는 것도 다 알아.

하지만 그래도 역시 부족해.

그러니까 제발.

코타로…… 내 머리를 쓰다듬어주지 않을래——?

◆

——와, 길다.

마치 대사로만 몇 페이지를 꽉 채운 듯한 느낌.

그런 느낌으로 시호는 기나긴 잔소리를 늘어놓았다. 하지만 그 내용에 저절로 웃음이 나오고 마음이 부드러워지는 게 신기했다.

오히려 사랑스럽다는 생각마저 들 정도로.

——만족시켜주고 싶다.

시호에게라면 내 모든 걸 바치고 싶다.

결국 이번에도 구구절절 길게 말하고 있지만, 요컨대 '더 관심을 달라'는 거다.

그 증거로 시호는 스킨십을 요구하고 있다.

『내 머리를 쓰다듬어주지 않을래?』

이런 말까지 하다니, 완전히 어리광이다.

그래서 나는 그녀의 요구대로——머리를 만졌다.

침대에 앉아 나에게 들이밀듯이 앞으로 숙인 시호의 머리에 손을 올렸다. 매끄러운 머리카락은 계속 만지고 싶을 만큼 감촉이 좋다. 그녀의 머리는 조금 따뜻해서 마치 손난로 같기도 했다. 요즘 쌀쌀해졌으니 그 온기에 계속 잠겨있고 싶어진다.

"……음."

한편 시호는 아직 만족하지 못한 모양이었다.

손을 올려놓은 것만으로는 부족하다는 양 머리를 비비적거리며 눌러댔다. 시키는 대로 이번에는 좌우로 움직여줬다.

머리카락이 헝클어졌지만, 시호는 조금도 신경 쓰지 않았다. 쓰다듬어주는 게 아주 기분 좋다는 듯 눈을 가늘게 휘고 있었다.

마치 주인에게 애교 부리는 새끼고양이처럼.

아주 기분 좋다는 듯, 행복하다는 듯한 표정으로 웃고 있었다.

"에헤헤~."

고작 이것만으로도 이렇게나 기뻐해 준다.

그런데도 외롭게 만들었다는 게 미안했다.

"시호. 외롭게 해서 미안해."

"아니야. 괜찮아. 쓰다듬어줬으니까 용서해줄게."

"하, 하지만."

"……이걸로 만약 자신을 용서할 수 없다면——최대한 같이 있어. 그게 가장 기쁜 일이니까."

그녀는 수줍어하듯 작게 웃었다.

나도 그녀와 최대한 같이 있고 싶다. 그건 같은 마음이었기에…… 문득, 이런 생각이 들었다.

"시호만 괜찮다면…… 이번 주말에 어디 놀러 가지 않을래?"

"갈래!"

내 제안에 시호는 바로 고개를 끄덕였다.

집 안에 있는 걸 좋아하는 시호지만, 어쩌면 나와 같은 마음인 건지도 모른다.

"만세! 이제 코타로랑 더 많이 놀 수 있겠다♪"

신이 나서 폴짝거리며 이번에는 나에게 달려들었다.

"어엇?"

허둥지둥 받아 내자 그대로 침대로 쓰러지고 말았다.

그녀는 내 가슴에 뺨을 비비며 꼬옥 매달렸다.

그 얼굴은 어느새 새빨개져 있었다.

마치 삶은 문어처럼.

""………….""

잠시 아무 말도 없이 껴안고 있었다.

시호의 몸은 작고 유리 장식처럼 금방 바스러질 것 같지만…… 뜨겁고, 부드럽고, 좋은 냄새가 났다.

그런 그녀는 내 가슴에 얼굴을 묻으며 웅웅거리는 목소리로 이런 말을 했다.

"흐, 흥분해서 코피가 나올 것 같아……. 오늘은 못 잘지도 몰라."

"아니, 제대로 자야지. 이 이상 지각하거나 꾀병으로 쉬면 같이 2학년으로 못 올라갈지도 모르잖아."

"그건 안 돼. 나 코타로랑 같은 반 하고 싶어……. 아, 하지만 코타로의 후배가 되는 것도 괜찮을지도? 선배♪ 이렇게 부르는 것도 좋은데?"

……확실히 그건 그거대로 저항하기 힘든 유혹이긴 하지만.

"같이 있는 시간이 줄어드는 건 쓸쓸한데."

"그것도 그래. 그럼 공부도 열심히 할게……. 대신 코타로가 잘 가르쳐줘."

"내가 아는 범위에서라면 기꺼이."

──소소한 대화가 마음을 치유해준다.

조금 외로워하기는 했지만, 시호는 씩씩하다.

숙박 학습 때처럼 괴로워하지는 않는다.

나는 골치 아픈 포지션이라 이래저래 휘말려있긴 하지만…… 그녀가 다치지 않았다는 게 무엇보다 기뻤다.

시호가 없는 스토리는 시련이 가득하다고 해야 하나……

전체적으로 무거워지곤 하지만.

그래도 괜찮다.

아니, 그게 낫다.

시호의 평온이 내 유일한 바람이니까——.

◆

주말. 날씨는 맑음…… 이길 바랐지만, 아쉽게도 흐렸다.

10월도 중순을 넘어 본격적으로 추위가 기웃거리고 있었다.

그래도 기분이 개운하고 따뜻한 이유는 그녀와 손을 잡고 있기 때문이겠지.

"코타로, 점심은 뭐 먹을까? 난 아이스크림 먹고 싶어."

"아이스크림은 간식이잖아."

우리가 온 곳은 역 근처에 있는 쇼핑몰. 음식점은 물론이고 영화관이나 게임센터, 옷 가게와 서점도 있고, 가전제품 판매점에 슈퍼마켓도 있어서 종일 있어도 질리지 않을 만큼 떠들썩한 시설이었다.

"……하지만 이런 날 정도는 영양 밸런스를 생각하지 않아도 괜찮으려나."

"그래. 오늘은 좋아하는 걸 해도 돼."

신이 난 듯 내 손을 잡은 손을 흔들며 시호가 천진난만하게 웃었다.

나도 시호도 따지자면 인도어파이프로 이렇게 밖에서 데이트할 기회는 잘 없다. 따라서 시호는 오늘이라는 하루에 아주 흥분한 모양이었다.

"코타로, 계속 히죽거리는데……. 그렇게 나와 데이트하는 게 기대됐어? 귀여워라, 아이 참."

……정정. 침착한 척하고 있지만 나도 시호와 비슷하게 흥분한 모양이다.

방심하면 스킵이 나올 정도로 발걸음이 들떴다.

"시호야말로 아까부터 계속 실실거리잖아. 피차일반이지."

"그래, 둘 다 똑같아……. 하지만 어쩔 수 없잖아? 데이트는 난생처음인걸."

뭐, 지금까지 단둘이 집 주변에서 쇼핑하거나 한 적은 있었지만.

이렇게 대놓고 '데이트'를 하는 건 처음이었다.

시호도 오늘은 기합이 들어간 건지 복장이 평소와 달랐다.

휴일에 우리 집에 올 때는 대체로 저지나 혹은 나에게 받은…… 아니, 마음대로 가져간 편한 옷 등을 입을 때가 많지만 오늘은 꾸미고 나왔다.

화려하진 않아도 차분하면서 시호다운 패션이었다. 잘 어울리다 보니 지나가는 사람들의 시선을 반강제로 끌어모았다.

과거의 그녀였다면 사람들이 이렇게 쳐다보기만 해도 몸이 굳어버릴 만큼 긴장했었다.

하지만 지금은 괜찮은 모양이다.

"에헤헤~. 코타로와 데이트라니 꿈만 같아⋯⋯. 심지어 손을 잡고 있잖아. 나 내일 죽는 거 아닐까?"

시호는 아무래도 주변이 보이지 않는 듯했다.

숙박 합숙 때와 마찬가지다. 내가 옆에 있을 때 한정으로 그녀의 낯가림은 완화된다. 그런 거라면 걱정하지 않아도 괜찮겠지.

"그럼 아이스크림 가게에 간 뒤에⋯⋯ 시호가 보고 싶어 하던 애니 영화라도 보러 갈까?"

"응! 그럴래!"

그렇게 둘이서 휴일을 구가했다.

아이스크림을 먹고, 영화를 보고, 감동해서 우는 시호를 달래며 이번에는 파르페를 먹고, 게임센터에서 크레인 게임을 하고⋯⋯. 둘 다 익숙하지 않으니까 결국 실패만 했지만, 그래도 웃으면서 가게를 나왔다.

즐겁고, 밝고, 멋진 시간이 흘러갔다.

"다음은 케이크라도 먹으러 가자. 뭔가 맛있어 보이는 가게가 있어!"

"⋯⋯자, 잠깐, 단것만 너무 먹는 거 아니야?"

"오늘 정도는 괜찮아. 뭐니 뭐니 해도 데이트니까!"

지나친 정도가 딱 좋은 걸까.

오늘은 마음만이 아니라 물리적으로도 달콤한 하루가
될 모양이다──.

◆

정신을 차리자 어느새 저녁이었다.

슬슬 시호를 집에 돌려보내는 게 좋다는 건 알지만……
그게 자꾸만 아쉬워서 좀처럼 말을 꺼내지 못했다.

"코타로, 다음은 어디에 갈까? 또 게임센터에 갈까?"

시호도 나와 같은 마음인 듯했다.

연신 스마트폰으로 시간을 확인하지만 '돌아가자'라는
한마디는 나오지 않았다.

아슬아슬할 때까지. 아니, 시간이 지나도, 계속……. 그
런 뜻이 느껴졌다.

꽈아악. 심장이 조여드는 것 같은.

시호의 애정을 느끼자 가슴이 아릴 정도로 기쁨이 들끓
어 오른다.

어쩌면 이게…… '사랑'인 걸까.

그렇다면 이제 괜찮지 않을까?

지금 시호에게 고백해도 내 애정을 받아들여 주지 않을까?

"시호, 저기……."

충동적으로 마음을 전하려 했다.

하지만 그건…… 그녀의 시나리오에 불필요한 이벤트였던 모양이다.

"OH! 우연이네! 료마, 저기 코타로와 시호가 있어!"

그녀의 등장으로 분위기가 바뀌었다.

달콤한 러브 코미디가 순식간에 시리어스로 전환된다.

몇 미터 앞에 있던 건 금발벽안의 미녀…… 메리 씨와, 그리고.

"쯧. 왜 있는 거야……."

류자키 료마였다.

뜻밖의 우연…… 아니, 메리 씨가 내 행동을 모를 리가 없다.

그러니 이 만남은 우연이 아니라 작위적인 연출이다.

"HAHAHA! 둘이서 뭐 하는 거야?! 응? 모처럼 만났는데 카페에라도 안 갈래? 넷이서!"

그 발언은 명확하게 나와 시호를 방해하기 위한 것이었다.

"──싫어."

그 순간 시호의 얼굴에서 미소가 사라졌다.

아니, 미소만이 아니다. 감정도, 온도도, 색도, 전부 사라지고…… 대신 나와 만나기 전의 '시모츠키'가 겉으로 드러났다.

"…………!"

무표정하고 무색투명한 그녀는 움직이지도 못한 채 메리 씨를 바라보고 있었다.

그 얼굴은 마치 숙박 학습날 밤, 무대 위에 서게 되었을 때와도 같았다.

'안 돼.'

이대로 두 사람과 같이 있는 건 시호에게 좋지 않다.

그렇게 판단한 나는 바로 그녀의 손을 잡아당겼다.

"미안해, 이만 돌아가려던 참이었거든."

그 말만 하고 두 사람에게 등을 돌렸다.

"어라라…… 아쉬워라."

"메리, 가자. 저 두 사람과는 엮이지 마."

류자키도 우리를 환영하는 건 아닌 모양이다. 그렇게 말하며 바로 멀어지려고 했다.

"……방해해서 미안."

떠날 때, 메리 씨가 귓가에서 그렇게 속삭였다.

그 말을 듣고 그녀가 의도적으로 나와 시호를 방해했다는 걸 확신했다.

"하지만 너는 하렘 주인공이 되어야 하니까 시호만 사랑하는 치사한 짓은 하지 말아야지? 다른 서브 히로인이 불쌍하잖아."

"──으."

뭐라고 반박하기 위해 고개를 들었다.

하지만 메리 씨는 이미 나에게서 거리를 벌린 뒤였다.

"료마, 기다려! 이런 미녀를 두고 가지 말라고!"

뻔뻔하게 그렇게 외치며 달리는 그녀를 노려볼 수밖에 없었다.

'모처럼 즐거운 시간이었는데……!'

메리 씨의 악의에 나도 모르게 어금니를 꽉 깨물었다.

그게 또 악수라고 해야 할까…… 시호에게는 좋지 않은 행동이었다.

"미안해. 모처럼 데이트였는데…… 내가. 나, 때문에…… 또, 이상하게 긴장해서, 무서워져서……."

감수성이 예민한 시호가 내 분노에 반응해버렸다.

'정신 차려. 침착해져야지……. 메리 씨에게 휘둘리지 마.'

마음의 소리가 나에게 그렇게 말했다. 그래, 그 말이 맞아……. 말하지 않아도 안다.

시호를, 그리고 나를 진정시키기 위해 밖으로 나왔다.

차가운 공기를 들이마시자 간신히 호흡과 마음이 정리되었다.

"시호. 이제 괜찮아."

그렇게 말한 뒤 다시금 손을 단단히 잡았다.

"나는 여기 있어. 제대로 곁에 있어."

숙박 학습 때처럼 떨어지지 않는다.

그리고 시호는 낯가림이 심하고 타인을 불편해하지만……

내가 옆에 있으면 평소의 '시호'로 있을 수 있으니까.

"……응. 코타로가, 있어."

공허한 눈에 빛이 돌아왔다.

내 존재를 확인하듯 두 손으로 손을 잡고, 내 눈을 똑바로 바라보고, 그제야 안심한 건지…… 간신히 딱딱하던 얼굴이 풀어졌다.

"고마워. 코타로 덕분에 진정했어."

표정에 색이 돌아온다.

투명하던 소녀에게 미미한 붉은빛이 돌면서 평소와 같은 시호의 색이 되었다.

"다행이다. 잠시 쉴까?"

"응, 그래……. 잠깐 사람이 없는 곳에 가고 싶어."

그렇게 조금 걸어서 사람이 별로 없는 곳으로 향했다.

덕분에 시호도 어떻게든 평소 상태로 돌아와 준 모양이었다.

"하아……. 미안해. 메리 씨와 류자키를 봤을 때 갑자기 숙박 합숙 때가 떠올라서——머리가 새하얘졌어."

휴게용 벤치에 앉자 시호는 어째서 그런 상태가 되었는지 가르쳐주었다.

"류자키의 소리가——그때와 같았거든. 나에게 고백했을 때처럼…… 독선적이고, 자기 생각만 하는 듯한 일그러진 소리. 그때는 나를 향하던 소리가 이번에는 메리 씨를 향하고 있었는데…… 그래서 생각났어."

"류자키가 메리 씨에게……."

스토리는 상당히 진행됐겠지.

류자키는 이미 메리 씨에게 특별한 감정을 느끼는 모양
이었다.

그렇다면 어떻게 해야 할까? 나는 뭘 해야 하는 거지?

뭘 해야 시호의 미소를 지킬 수 있을까?

'어떻게 배신해야 메리 씨의 계획을 망칠 수 있지?'

——그렇게 혼자 궁지에 몰려있었다.

그러자…… 이번에는 시호가 내 손을 꼭 붙잡았다.

마치 '나도 있어'라고 말하듯이.

난처할 때. 고민할 때. 괴로울 때.

그녀는 항상 나를 구해준다.

"하지만 우리는 이제 상관없지. 그러니까 신경 쓰지 않
을래……. 코타로도 고민할 필요 없어. 나야 류자키가 싫
었지만 메리 씨는 그렇지 않은 것처럼 보였는걸. 소리가
아주 기뻐했어."

그 말은 반격의 계기가 될 수 있을 법한 내용이었다.

"메리 씨가 류자키를……? 그거 혹시 좋아한다는 거야?"

설마, 그럴 리가 없다.

그녀는 연기하는 것뿐이었던 게 아닌가?

메인 히로인이라는 역할에 맞춘 캐릭터로 류자키를 좋

아하는 척하는 것뿐——나는 그렇게 믿었다.

하지만 시호의 '귀'는 거짓과 진실을 분간해낸다.

"메리 씨의 소리는 조금 특수해서 별로 좋아하는 소리는 아니지만…… 그 안에는 류자키에게 느끼는 호의의 음색도 섞여 있었어. 예전의 아즈냥이, 그 외엔 아사쿠라나 호죠도 비슷한 소리를 냈지."

예전의 나카야마 아즈사, 아사쿠라 키라리, 호죠 유즈키와 같은 소리.

그건 즉——서브 히로인들과 마찬가지로 그녀도 류자키에게 짝사랑을 한다고, 그렇게 인식해도 되는 걸까?

"왠지 숙박 합숙 때의 코타로처럼…… 메리 씨도 소리가 불안정해. 그래서 교실에 있을 때 메리 씨가 어떤 사람인지 잘 몰랐어. 그게 꺼림칙하고 무서운 느낌도 들었고……. 하지만 류자키와 단둘이 있을 때의 소리는 확실히 평소와 다른 느낌이 들어."

그 발언은 힌트가 될 것 같았다.

'그래. 메리 씨에게도 류자키의 '주인공 속성'이 작용한다면…… 그녀가 만든 뒤틀린 시나리오를 깨트리기 위해 내가 해야 할 일은——!'

답이 막연히 보인 듯한 기분이 들었다.

"그러니까 코타로도 두 사람에 대해 신경 쓰지 않아도 될 거야. 그때처럼 무리하지 않아도 돼. 우리와는 상관없는걸."

이번에는 아무것도 하지 않으면 아무 일도 일어나지 않는다.

시호에게는 그렇다. 그 조언은 틀리지 않다.

하지만…… 시호가 상관없이 지낼 수 있는 대신 나는 휘말리고 말았다.

아무것도 하지 않으면 메리 씨는 나를 '하렘 주인공'으로 만들어 내려 할 것이다. 그건 내가 바라는 바가 아니다.

내가 좋아하는 건 시호뿐이니까.

"나는 괜찮아."

그렇게 대답하며 고개를 힘있게 끄덕였다.

시호에게 거짓말은 통하지 않는다. 그래서 일부러 걱정할 필요 없다는 것만 강조했다.

"……그런 눈빛은 비겁해."

한편 시호도 내가 무언가를 숨기고 있다는 건 눈치채고 있을 것이다.

그래도 그녀는 일부러 아무것도 물어보지 않았다.

"믿을게——라는 말밖에 할 수 없잖아."

그렇게 말하며 나를 향해 부드럽게 웃어주었다.

"코타로. 문화제가 끝나면 또 데이트해줄래?"

"물론이야. 다음에는 더 멀리 가자……. 아키하바라에 가 볼래? 시호는 애니를 좋아하니까 재미있을 거야."

"갈래…… 같이 메이드 카페에 가서 '모에모에 큥큥'해 달라고 하자."

그리고 이번에는 시호가 새끼손가락을 내밀었다.

"약속이야."

가느다랗고, 작고, 건드리는 게 무서울 정도로 섬세해서…… 살며시 맞대듯 새끼손가락을 가져가자 시호쪽에서 세게 걸었다.

"꼭 가는 거야."

물론이라며 나도 고개를 크게 끄덕였다.

이번에야말로 순수하게 즐거운 데이트를 하자고…… 약속했다──.

◆

나는 아무래도 틀렸던 모양이다.

지금까지 메리 씨를 배신하는 생각만 했다.

하지만 아니다.

그런 폭력적인 수단은 나에게 어울리지 않는다.

더 온건한 방법으로도 메리 씨의 시나리오를 망칠 수 있다──그걸 시호가 가르쳐주었다.

『메리 씨는 류자키를 좋아해.』

시호의 말이 진실이라면.

만약 메리 씨가 자신의 마음을 눈치채고 있다면…… 류자키를 찰 수 있을까?

그녀는 류자키를 차고 나를 선택해서 그 녀석을 '불행'하게 만들겠다고 했다.

하지만 새로 등장한 히로인이 주인공을 배신하지 않고 서로 사랑하며 엔딩.

그런 행복한 결말도 괜찮지 않을까?

'하지만 정말 그래도 괜찮아? 그런 어중간한 방식으로 잘 될까?'

시끄러워, 가만히 있어.

요즘 마음의 소리가 머릿속을 휘저어 놓는 일이 많아진 듯한 느낌이 든다——.

제6화
해피 엔딩의 복선

　문화제까지 앞으로 일주일. 그런 바쁜 시기에 나는 또다시 메리 씨에게 붙잡혀 리무진으로 끌려갔다.

　"어라, 코타로잖아. 멋진 우연이야. 잠깐 대화하지 않을래?"

　"기다리고 있었던 주제에 말은 잘하네."

　"에이, 그런 말 하지 말고…… 가벼운 잡담이야. 곧 있으면 드디어 스토리가 대단원에 돌입하잖아? 그 전에 결기 모임 같은 거지."

　……그나저나 메리 씨는 일본어가 참 능숙하다.

　역시 만능형 히로인. 어느 분야에서도 재능이 넘치는 모양이다.

　"앞으로 일주일이면 료마를 밑바닥으로 처박을 수 있어……. 아아, 빨리 보고 싶어라. 나에게 고백했다가 차이는 료마는 대체 어떤 표정을 보여줄까?"

　그리고 그녀는 연기 재능도 특출나다.

　류자키 앞에서는 순수하고 명랑한 히로인을 연기하고, 그게 찰떡같이 어울렸다.

　그 녀석도 완전히 메리 씨의 포로가 되었다.

　그러니 류자키 쪽은 아무 걱정도 없다.

하지만 메리 씨는…… 아직 부족한 건지도 모른다.

메리 씨가 '복수 러브 코미디'를 포기할 정도로 류자키를 사랑하지 않으면 그녀의 시나리오를 파탄 낼 수 없다.

따라서 나도 이쯤에서 개시하기로 했다.

"한 가지 걸리는 게 있는데."

"응? 의문이 있다면 들어줄게. 제삼자의 의견을 듣는 건 창작자에게도 유익한 일이니까."

"고마워. 노파심일지도 모르지만…… 류자키는 아직 시호를 좋아하는 건 아닐까? 지난번에 쇼핑몰에서 만났을 때부터 계속 신경 쓰였거든."

그렇게 묻자 메리 씨의 눈썹이 살짝 올라갔다.

"흠…… 어째서 그렇게 생각했는데?"

"류자키가 시호를 지나치게 피했잖아. 그건 즉 아직 의식하기 때문——인 건 아닐까? 만약 그 녀석이 메리 씨를 좋아한다면 시호에게 아무 감정도 없을 테니까."

……나도 참, 그럴싸한 말은 잘 늘어놓는구나.

"——확실히 나에겐 그걸 부정할 만한 근거가 없어."

메리 씨도 내 말에 코웃음을 치지는 못한 모양이다.

"으음, 너와 시호가 데이트한다는 정보를 입수하고 우연히 마주치면 재미있을 것 같다는 충동에 나와 료마도 쇼핑몰에 간 거였지만…… 그 이벤트를 계기로 료마에게 시호의 인상을 강하게 심어줬을 가능성이 있네."

"그러니까 류자키가 메리 씨를 더 좋아하게 만드는 게 나은 것 같아."

좋아. 어떻게든 이 방향으로 끌고 가는 데 성공했다.

"……할 수 있겠어?"

"일단 아이디어는 있어. 예를 들어──."

내가 짠 '류자키가 메리 씨를 좋아하게 만들기' 작전을 설명했다.

뭐, 류자키와 메리 씨가 애인이 되어서 해피 엔딩을 맞이하기 위한 작전이지만.

따라서 정확하게 말하자면 '두 사람을 친밀하게 만들기' 작전이다.

"흠…… 나쁘지는 않네."

한바탕 듣고 난 메리 씨는 우호적인 대답을 돌려주었다.

"하지만 왜 갑자기 협력적으로 변한 거야? 지금까지 내내 의욕이 없었는데…… 혹시 무언가 꾸미는 건 아니고?"

동시에 메리 씨는 나를 의심하는 모양이다.

그렇게 생각하는 것도 당연하지……. 그 반응도 예상했었다.

"──시호는 류자키를 봤을 때 또 예전처럼 새하얘졌어. 그래서 아주 작은 가능성이라도 류자키와 시호가 엮일 가능성을 없애고 싶어. 류자키 료마라는 '주인공' 자체를 완전히 없애려고. 이 이상 시호가 상처받지 않도록."

대답도 착실히 준비해놨다.

물론 거짓말 속에 진실을 섞어서 들키기 어렵게.

"니히히. 그런 거구나. 음, 재밌네……. 지키기 위해 방해되는 걸 제거한다. 그런 사고방식, 싫지 않아."

메리 씨는 머리가 좋다. 본래대로라면 나 같은 녀석이 속일 수 있는 인간이 아니다.

하지만 천재이기 때문에 그녀는 자만하고…… 나를 얕보고 있다.

『고작 나를 상대로 속을 리가 없어.』

그렇게 생각하고 있으니 메리 씨를 쉽게 제어할 수 있었다.

앞으로 나는 히로인이 주인공을 좋아하게 되는 '이벤트'를 발생시킨다.

창작자인 메리 씨를 '사랑에 빠진 히로인'으로 전락시키기 위해——.

◇

코타로의 지적은 마음속 깊은 곳에서 느끼고 있던 바였다.

료마는 가끔 내가 아닌 누군가에게 말을 거는 것 같다고 느낄 때가 있다.

"메리, 오늘은 추우니까 컨디션 조심해."

이런 식으로…… 마치 내가 병약하다는 걸 전제로 하듯

이 말을 건다.

"HAHAHA! 미국은 더 추운걸? 이 정도는 반팔로 충분해!"

천진난만함을 가장하며 농담으로 웃어넘긴다.

그렇게 하면 료마는 비로소 옆에 있는 게 '나'라는 걸 떠올렸다는 듯이 퍼뜩 정신을 차린다.

"……어, 그렇지. 미안해. 나도 참 무슨 소린지."

"나를 걱정해주는 거 아니야? 땡큐, 료마는 친절해서 좋아♪"

"하하. 고마워, 그렇게 말해주니 기뻐."

내 호의에 료마는 내심 좋아하는 듯한 표정을 짓는다.

"아, 미안해. 잠깐 화장실 다녀올게."

"OK! 다녀와♪"

방과 후. 빈 교실에서 연극 연습을 하던 도중 료마가 화장실에 갔다.

으음, 저 모습을 보는 한…… 료마는 나를 좋아하는 게 맞을 텐데.

하지만 역시, 조금 불안했다.

'설마 아직 시호에게 미련이 있을 거란 생각은 하고 싶지 않지만…… 돌다리도 두드려보고 건너야지. 료마의 사랑을 나에게 더 기울어지게 하는 거야.'

료마가 자리를 비운 틈을 타 교실 구석에서 대본을 읽는 코타로에게 말을 걸었다.

"코타로, 잠깐 괜찮아? 오늘은 '잔소리에 두근두근♪ 나를 위해 화내줘서 고마워☆' 작전을 실행하려고 하는데."

이것 또한 '료마가 나를 좋아하게 만들기' 작전의 일환이다.

"나는 그런 웃기는 작전명을 붙이지 않았는데?"

"알기 쉬워서 좋잖아?"

코타로에게 '류자키가 잔소리하게 만드는 이벤트 같은 건 어때?'라는 조언을 받았다. 그걸 실행하기에 좋은 타이밍이었다.

"'이렇게 화를 낼 정도로 나를 많이 생각해줘서 기뻐! 료마가 더 좋아졌어♪'……라니, 그런 안이한 소리를 누가 한다고."

이것도 흔히 보는, 주인공과 히로인의 전형적인 이벤트지만.

나는 이런 이벤트는 별로 안 좋아한다.

"'너를 생각해서 화내는 거다'는 정신 공격이나 마찬가지 아니야? 완전히 풍속점에서 설교하는 아저씨잖아."

"그 예시는 고등학생이 꺼내기엔 부적절한 거 같은데."

비슷한 거 아닐까.

아무튼, 지금부터 나는 료마에게 혼날 짓을 해야 한다.

"그래서, 무슨 말을 하면 적당한 선에서 화낼 것 같아? 너무 격노하게 만드는 것도 안 좋을 테고, 네 생각을 들려줘."

"글쎄……. 그 녀석의 본심은 솔직히 상상하고 싶지도 않지만, 자기보다 가까운 주변 사람을 나쁘게 말하는 거에 화내지 않을까. 예를 들어 그 녀석과 사이가 좋은 여자애…… 유즈키나 키라리처럼."

흐음. 그건 확실히 주인공답다.

료마는 본인에게 절대적인 자신감이 있으니까, 그를 직접적으로 깎아내려봤자 '헛소리'로 흘려들을 가능성이 있다.

하지만 료마의 자신감…… 아니, 자만의 원인인 '그를 긍정하는 서브 히로인'을 부정하면 마치 자기가 가진 액세서리를 무시한다고 느낄지도 모른다.

그렇게 료마는 서브 히로인들을 위해서가 아니라 자신을 위해 화낸다——는 구조. 거기까지 생각하고 건네는 조언이겠지. 역시 코타로다.

"그럼 그걸로 가야겠다. 코타로는 저기 청소도구함에라도 들어가 있어. 둘만 있어야 료마도 화내기 쉬울 테니까."

지금은 배우들끼리 모인 연습 시간이므로 우리 말고 다른 사람은 없다. 코타로도 없다면 료마도 거리낌 없이 화낼 것이다.

"아니, 나는 딱히 없어도 괜찮지 않아? 만에 하나라도 들키면 큰일이잖아."

"엑스트라의 존재감은 제로에 가까우니까 절대 눈치 못 채."

"그건 부정할 수 없지만……."

"이후 정보공유를 위해서도 직접 보는 게 더 편하잖아."

그렇게 말하자 코타로도 마지못한 듯 고개를 끄덕였다.

그런 이유로 코타로를 청소도구함에 숨긴 뒤 료마가 오기를 기다렸다.

몇 분 정도 지났을까. 시계를 바라보고 있었더니 바로 료마가 돌아왔다.

"응? 그 녀석은 없어?"

"그 녀석? 코타로 말이야? 볼일이 있다면서 돌아갔어! 니히히♪"

"그렇구나. 뭐, 나카야마는 있든 말든……. 그나저나 기분 좋아 보이네? 뭐 좋은 일 있었어?"

대놓고 웃었기 때문인지 둔감한 료마도 내 변화를 알아차린 모양이다.

역시 일류 배우 메리라니까. 연기력이 탁월하다.

"그야 료마랑 단둘이 있으니까!"

"그렇게 기뻐할 만한 일도 아니잖아. 둘만 있을 때도 꽤 많았고."

"으응? 하지만 학교에선 별로 없잖아? 항상 다른 여자애가 있으니까……."

나는 그녀의 이름을 입에 담았다.

"키라리만 해도 그래! 자꾸 따라다녀서 꽤 불만이라고. 나랑 료마를 방해하는 것 같아 마음에 안 들어☆"

일부러 명랑하게.

천진난만하게, 악의는 없다는 느낌으로 대사를 뱉는다.

그러자…… 의도한 대로 료마의 안색이 바뀌었다.

"잠깐만."

역시 코타로의 예상한 대로…… 자기를 좋아하는 히로인을 나쁘게 말하는 건 용서할 수 없는 모양이었다.

"그런 말은 안 좋아. 메리답지도 않고."

돌변했다고 할 정도는 아니다.

하지만 명백하게 진지한 분위기를 풍겼다.

"키라리는 방해하는 게 아니야. 우리와…… 아니, 메리와 친해지려는 거지. 성격은 안 맞을지도 모르지만, 그녀 나름대로 노력해서 다가오는 거라고. 그 노력을 무시하면 안 돼."

잘도 그런 소리가 나오는구나.

'키라리가 나를 꺼리는 건 료마 때문일 텐데……. 역시 주인공. 둔감함을 면죄부로 삼아서 가해자라는 사실을 치워버릴 수 있다니, 대단한 포지션이야.'

속으로는 그런 생각을 하면서도 그게 표정에는 드러나지 않도록 조심했다.

대신 잔뜩 풀이 죽은 표정을 지었다.

"쏘, 쏘리…… 무시하려는 거 아니야. 조크니까, 너무 화내지 마."

"농담이어도 다른 사람을 비웃는 건 안 좋아. 악의가 없다는 건 알지만 경솔한 발언에는 조심하도록 해. 그런 사소한 발언으로 다른 사람에게 미움받을 가능성도 있다고."

"그러네……. 다음부터 조심할게."

반성하는 척.

고개를 숙이고, 시선을 내리고, 등을 웅크리며 그런 몸짓을 하자…… 료마가 내 머리를 쓰다듬었다.

"엄한 소리 해서 미안해. 하지만 이건 메리를 생각해서 하는 말이야. 그걸 알아주면 좋겠어."

차갑게 굴었다가 이번에는 손바닥을 뒤집듯 다정하게——.

완전히 도메스틱 바이올런스의 전형이라 역시 별로다.

"응! 료마는 아주 친절하니까! 화내줘서 땡큐!"

……말하면서 소름이 돋았다.

아니, 설교를 듣고 기뻐하는 여자는 아주 드물다고.

분명 청소도구함 속에서 이쪽을 보고 있을 코타로도 기겁했겠지.

그 정도로 기괴한 상황인데도…… 료마는 눈치채지 못한다.

모든 일을 자신에게 유리하게만 해석하니, 오히려 내가

고마워하는 게 당연하다고 인식하는 모양이었다.

"하하. 내가 유달리 친절한 건 아니야. 평범한 거지."

"평범 아니야! 만났을 때부터 료마는 계속 친절했으니까…… 나를 구해줬잖아?"

이른 아침, 개를 산책시키던 도중 내가 차에 치일 뻔한 걸 료마가 구해주었다.

물론 그것도 작전이었으므로 차에 치이는 연기라고 해야 할까…… 다방면으로 고려해서 위험하지 않도록 계획한 거였지만.

료마는 그걸 모른다.

자신이 내 생명의 은인이라고 믿는다.

그래서 내가 자기를 좋아할 이유가 있다고 착각한다.

사실은 그렇지 않은데…… 불쌍한 주인공이라니까.

"그래. 메리는 꽤 덜렁거린단 말이지."

"HAHAHA!"

웃으면서 료마와 어깨동무를 했다.

요즘은 이렇게 스킨십을 늘렸다. 이것도 코타로의 조언이었다.

"나는 덜렁이니까 앞으로도 잘 지켜봐 줘."

그렇게 말하자 료마는 기쁘다는 듯 웃었다.

"물론이야. 맡겨줘……. 무슨 일이 있어도 지킬게."

"고마워! 그리고 나쁜 일을 하면 꼭 혼내줘♪ 나는 파파에게도 혼난 적 없어서…… 혼난다는 게 왠지 신선했어. 뭔가 조금 두근두근?"

"하하. 뭐, 응…… 메리를 위해 화낼 수 있는 건 나 정도밖에 없을지도 모르겠네. 물론 앞으로도 계속 지켜볼게."

"꺄♪ '앞으로도 계속'이라니……. 그거 설마 '프러포즈'인 거야? 료마는 혹시 나를……?"

"아, 아니, 딱히 그런 이상한 의미는 아니야!"

"……이상한 의미여도 괜찮은데."

"어? 뭐라고?"

"아, 아무것도 아니야! 그냥 혼잣말이니까!"

그렇게 전형적인 대화를 이어간다.

신선함이라고는 전혀 없는, 어딘가에서 본 적이 있는 듯한 대화를 통해…… 나와 료마의 관계가 한층 깊어진다.

요 며칠 동안 이런 이벤트를 많이 일으켰다.

료마는 주인공이므로 의식하지 않아도 호감도 이벤트가 정기적으로 발생한다. 그것도 이용하면서 코타로의 협력도 받았으니 료마의 사랑은 내 손에 있다고 단언할 수 있다.

흠……. 여기까지 왔으면 이제 괜찮겠지.

'문화제까지 앞으로 사흘. 준비는 잘 끝났어.'

료마는 완전히 나를 사랑한다.

이젠 타이밍이 오기를 기다릴 뿐.

'니히히. 배신했을 때의 얼굴을 보는 게 기대된다.'

심장이 두근두근 뛴다.

료마를 보면 마음이 조마조마하다.

아마 나는 흥분한 거겠지.

주인공이 추락하는 그 순간을 생각하니 벌써 가슴이 뛰었다——.

◆

청소도구함 속에서 두 사람을 가만히 관찰했다.

틈새로 보이는 메리 씨와 류자키는 서로를 보며 웃고 있었다.

왠지 무척 즐거워 보였다.

그녀의 미소를 보면 신기한 감각이 든다.

처음 만났을 때는 전지전능한 느낌의 분위기던 그 메리 씨가…… 지금은 평범한 소녀 같은 얼굴이 되었으니까.

'마치 '사랑에 빠진 소녀' 같아.'

몽롱하게 얼굴이 풀어져선 입꼬리는 살짝 올라갔고…… 전체적으로 상기된 듯 홍조를 띠고 있는 데다 눈동자는 반짝거린다.

매력적인 미소를 보고 있으면 거기에 거짓이 섞여 있는 것처럼 보이지 않았다.

'어떻게든 되면 좋겠는데.'

요즘은 계속 협력자인 척하며 류자키와 메리 씨가 가까워지도록 이벤트를 일으켰다. 그녀에게 내 꿍꿍이가 들키지 않도록 긴장했지만…… 그런 고생도 조금만 더 있으면 끝난다.

'문화제까지 앞으로 사흘인가…….'

그때 메리 씨는 분명 자신이 구성한 '복수 러브 코미디'를 완성하려 할 것이다.

하지만 그렇게 두지 않는다.

그 직전에 자신의 사랑을 깨닫게 해주면 된다.

메리 씨가 만든 스토리의 결말은 '복수'가 아니라.

많은 일이 있었지만 메리 씨는 행복해졌습니다.

『해피 엔딩.』

이런 흔해 빠진 문장으로 무대의 막을 내리게 하고 싶었다.

'정말로 잘 될지는 모르겠지만.'

……불현듯 들린 마음의 소리에 무심코 얼굴을 찌푸렸다.

하지만 사소한 일이라고 치부하며 나는 또다시 못 들은 척했다──.

제7화
✤ **전해지지 않은 마음**

　11월 초. 마침내 유키노시로 고등학교의 문화제가 시작되었다.

　기간은 이틀. 첫째 날은 학생들만 즐기고, 둘째 날은 보호자 등 일반 참가자도 올 수 있다. 참고로 연극은 둘째 날에만 예정이 잡혀있다.

　하루만 하고 끝나는 건 다행이지만…… 그렇다고 해도 준비할 게 많다.

　특히 소품 담당이나 의상 담당은 악전고투하는 모양이었다.

　"시모츠키, 제대로 좀 해! 이렇게만 하면 되는데 왜 못하는 거야?"

　"으으…… 아즈냥, 더 살살 말해줘. 나는 칭찬으로 성장하는 타입이라고. 아니, 어리광을 받아줘야 비로소 진심을 발휘할 수 있는데 혼나면 아무것도 못 한단 말이야."

　"아즈사는 오빠처럼 무르지 않거든? 불평할 시간이 있으면 손을 움직여."

　"끄으응. 코타로가 그리워……. 코타로라면 더 받아줄 텐데. 더는 싫어. 나 힘내기 싫어…… 늘어지고 싶어!"

　"……그러면, 열심히 하면 오빠가 잘 때 찍은 사진 보내

줄게."

"비겁해. 도깨비? 아니면 악마?"

"필요 없어?"

"아, 죄송합니다. 갖고 싶어요. 제발 부탁드립니다. 열심히 할 테니까 보내주세요."

······지적할 곳은 많지만.

소품 담당인 시호도 열심히 하고 있었다. 지금은 배경에 사용할 종이 리본을 만드는 중이다. 하지만 손재주가 없어서 작업 진도가 느릿느릿한 건지······ 배우인 아즈사가 도와주고 있었다.

훈훈한 대화를 보고 있으면 마음이 따뜻해진다.

사실은 계속 보고 싶지만, 공연 전날이기도 한 만큼 나도 해야 할 일이 있었다.

"나카야마 씨, 이리 와 주세요. 화장을 좀 하고 싶거든요."

위원장인 니오가 불러서 교실을 나섰다.

니오가 안내한 곳은 2반 교실에서 조금 떨어진 빈 교실이었다. 여기도 문화제 준비로 사용해도 괜찮다는 허락을 받아놔서 내일 사용할 도구 등을 보관하고 있다.

그 구석이 메이크업 공간인 모양이었다.

"그럼······ 아사쿠라 씨, 부탁드립니다."

내 화장을 담당하는 사람은 놀랍게도 키라리였다. 반에서 가장 화장을 잘한다고 한다. 고등학교에 데뷔하면서 갸루로 변신한 덕분인 걸까.

"응, 알았어. 니코링, 뒷일은 내가 할 테니까 돌아가도 돼."

"네. 하지만 호칭은 바꿔주세요."

"다음부터 조심할게~."

서먹서먹한 대화 후 니오가 빈 교실을 뒤로했다. 그녀는 전체 감독을 맡고 있어서 가장 바쁜 모양이었다.

그래도 어딘가 즐거워 보이는 건 분명 '이야기'를 정말 좋아하기 때문인 거겠지.

하지만 과거에 '이야기'를 아주 좋아하던 그녀는 아주 따분하다는 듯한 얼굴이었다.

"".............""

서점에서 만난 뒤로 한 번도 대화를 나누지 않았기 때문에 뭔가 아주 불편하다.

"흥흐흥♪ 완성! 좋아, 료마에게 보여줘야지!"

한편 스스로 화장하던 메리 씨는 들으란 듯이 그렇게 말한 뒤 교실에서 나갔다. 아마 우리를 의도적으로 둘만 남겨놓은 거겠지.

그녀의 시나리오에선 '키라리가 나를 좋아하게 된다'는 설정이다. 그걸 위한 이벤트가 지금이라고 판단한 건지도 모른다.

"⋯⋯좀, 불편하네."

둘만 남은 덕분인 걸까.

키라리는 메리 씨가 사라지자 바로 말을 걸었다.

"하지만 대화하고 싶던 참이었으니까 마침 잘 됐나?"

그 태도는 어딘가 굽히고 들어오는 것처럼 느껴지기도 했다.

"전에는 미안해. 나 좀 이상한 느낌이었지?"

키라리는 손을 움직이며 입도 움직였다.

침묵을 싫어하는 듯한 태도가 슬펐다.

중학생 때의 키라리는 확고한 '중심'이 있었고…… 그 점을 동경했다.

중심이 없는 나에게 그녀의 당당한 행동거지가 눈부셔 보였을 정도로.

그게 지금은 흔적도 없이 사라졌다.

"딱히 코 군을 화나게 만들고 싶은 건 아니었어. 그때는 좀, 이상해졌던 것뿐이야……. 그러니까 미안해. 나는 그냥, 중학생 때처럼…… 편하게 대화하고 싶었던 것뿐이라고 해야 하나……."

그때 매몰하게 말한 건 '어쩌면 눈을 떠 주지 않을까?'하고 기대했던 측면도 있었다.

하지만 키라리는 극복하지 않았다.

그래서, 이 이상 비난하는 건 불쌍하단 생각이 들어서…… 나는 아무 말도 할 수 없었다.

"…………저, 저기."

그래도 키라리는 말을 이어갔다.

열심히 내 관심을 끌려고 한다.

"그런 이유이긴 했지만, 딱히 코 군이 싫다면 무리하지 않아도 돼. 나는 불쾌하게 만들 생각이 없었다는 것뿐이니까……."

알아.

그래서 더는 아무 말도 하고 싶지 않은 거야.

네게 상처 주고 싶은 게 아니니까.

"그…… 와, 완성! 봐봐. 나 화장 꽤 잘하지? 코 군, 엄청 잘생겨졌어!"

손거울을 보여주자 나는 무심코 그 거울을 응시하고 말았다.

"대단한데……."

마치 내가 아닌 것 같다.

나도 모르게 나온 말에 키라리는 아주 기뻐하는 표정을 지었다.

"코 군은 역시 본판은 나쁘지 않을지도?"

평소였다면 부정했을 말이지만, 지금 이 모습을 보니 고개를 저을 수가 없었다. 그 정도로 키라리의 실력은 굉장했다.

입술 혈색이 좋고, 피부도 하얗고, 눈매도 선명해졌다. 평소에는 힘없이 내려간 머리카락도 멋지게 스타일링되어

있다.

"뭐, 코 군은 원래 이목구비가 얌전해서 화장이 잘 받는 타입이라고 생각했었어~. 냐하하, 멋지? 화장은 사람을 변신시킬 수 있는 마법의 아이템이라니까~?"

내가 칭찬했기 때문인지 키라리의 말수가 늘어났다.

"그래서 나는 매일 예뻐지려고 노력한단 말씀. 그걸 칭찬해주니 너무 기쁘네…… 고마워, 코 군♪"

왜 내가 칭찬 한마디 했다고 굳이 고맙다고 하는 걸까.

하지 마.

고작 이 정도로 그렇게 기뻐하지 마.

"……키라리는 지금의 내가 나로 보여?"

불쑥 물어보았다.

"어? 으, 응……. 잘생겨졌지만 코 군은 코 군이잖아?"

갑작스러운 질문에 키라리는 당황했지만, 순순히 대답해주었다.

내 심기를 건들지 않으려고 조심하는 모습은 역시 보기 힘들었다.

"그래. 나는 나니까. 아무리 화장해도 사람은 바뀌지 않지."

……나도 얼마 전까지는 자주 '나'를 스위칭하며 살았으니 내가 할 소리는 아니긴 하지만.

그래도 술술 쏟아지는 건, 어쩌면 나 자신에게 들려주듯이 말하기 때문인 건지도 모른다.

"그걸 전제로 깔고 질문 하나만……. 키라리, 지금의 너는 정말로 '키라리'인 거야?"

고등학생이 되어 갸루로 둔갑한 너는…… 외모가 바뀌어도, 정말로 '자신'을 유지하고 있는 거야?

"중학생 때의 키라리와 지금의 키라리는 같은 사람이야?"

"무, 무슨 소리야? ……나는 나인걸? 어? 그런 건, 나고, 나니까, 나는, 난……!"

역시나.

중학생 키라리와 고등학생 키라리. 어느 쪽이 진짜 자신인지 알 수 없는 거다.

"자신을 바꾸고 싶어 하는 건 나쁜 게 아니지. 하지만 자신이 어떤 사람인지 잊어버릴 만큼 바뀌어버리면, 네가 '아사쿠라 키라리'일 이유가 없어지는 거야……. 그렇게 류자키를 위해 자신을 바꿔버린 결과가 지금의 키라리잖아. 자신이 누구인지도 알 수 없는, 불쌍한 사람으로 보여."

이런 얼굴을 보고 싶었던 게 아니다. 그래서 일부러 구구절절 말했다.

아무리 배신당했어도, 버려졌어도, 원래는 친구였으니까.

키라리도 제대로 행복해지길 바란다.

거듭 말하지만…… 나는 네게 상처주고 싶은 게 아니다.

……아니, 아니지. 엄밀하게 말하자면 그건 아닌가.

네게 상처를 주면서까지 도와주고 싶어하면 안 돼.

그랬다간 나를 소중히 여겨주는 그 애를 '배신'하는 게
되니까.

그러니까 내가 할 수 있는 건 키라리가 '이상해진 것'을
알리는 것뿐.

이 이상은 해줄 수 없다.

그러니까 제발…… 부탁이야.

키라리, 화내.

눈을 떠. 나 같은 녀석에게 이런 말을 들을 이유는 없다
고 반박해.

"화장 고마워. 그리고 내일도 잘 부탁해……. 이런 말을
해버린 뒤라서 불편할 테지만. 서로 해야 할 일을 하자."

그렇게 바라며 나가려고 했는데.

"기, 기다려! 화났어? 미, 미안해. 뭐 잘못했어? 나 머리
가 안 좋으니까 코 군의 말을 이해하지 못하겠어…… 하,
하지만 내가 잘못한 거라면, 고칠 테니까."

키라리에게 내 마음은 전해지지 않았다.

부족하다. 그녀가 눈을 뜨게 해주기에는…… 각오도, 마
음도 한참 부족했다.

더는 안 되는 걸까?

키라리를 구할 수는 없는 걸까?

"⋯⋯미안해."

돌아보지도 못한 채 그대로 빈 교실을 나섰다.

하지만 뒷맛이 너무 나빠서⋯⋯ 당장에라도 토해버릴 것 같았다──.

◆

빈 교실에서 나오자 그곳은 마치 다른 세상 같았다.

교실은 어디든 떠들썩하다. 자기 반 부스를 홍보하는 학생들과 축제를 즐기며 노는 학생들도 있어서 시끄러울 정도로.

그러고 보면 지금은 문화제 중이었지.

별로 즐길 기분은 들지 않았지만 어두운 표정은 이 자리엔 안 어울리겠구나.

"⋯⋯⋯⋯좋아."

이런 얼굴을 보면 그 애가 슬퍼할 것이다.

그래서 심기일전한 뒤 다시 고개를 들었다.

그러자 눈앞에 당연하다는 듯이 메리 씨가 서 있는 걸 보고 나도 모르게 한숨이 나왔다.

"어라? 미녀의 얼굴을 보고 한숨이라니, 그럼 못 써."

"시끄러워."

지금은 메리 씨에게 맞춰줄 여유가 없다. 대충 따돌리려고 했지만 끈질기게 따라오는 게 불쾌했다.

"왜 그렇게 화가 나 있는 거야? 아, 혹시 한때 친구였던 여자애를 거절한 게 힘들어?"

······역시 훔쳐 듣고 있었나.

"그렇게 힘들다면 받아들이면 되잖아. 그러면 다들 행복해질 수 있는걸? 그게 더 해피 엔딩에 가깝다고 생각하지 않아?"

"······그럴 리가 있냐."

시호가 슬퍼하는 결말이 해피 엔딩일 리가 없다.

정말 의미 없다. 그녀는 무시하고 빨리 교실로 돌아가야지.

그런 나에게 메리 씨는 말을 멈추지 않았다.

"뭐, 이번에는 애써 거절했지만, 다음엔 어떻게 될지 기대되네. 다음에는 마침내 키라리가 차일 테니까. 그때 망가져 가는 그녀를 앞에 두고 과연 무정한 태도를 유지할 수 있을지······ 기대되는걸."

"············."

그런 건 말하지 않아도 이미 알고 있다.

메리 씨의 시나리오가 어느 쪽으로 흘러가든 키라리가 행복해지는 선택지는 애초에 없다.

하지만······ 이대로 못 본 척할 수밖에 없는 걸까.

한때 동경했던 키라리가 괴로워하는 모습을 보기만 할 수밖에 없는 걸까.

"자, 그럼. 나중에 또 기대하고 있을게."

생각할 시간은 없다.

어느새 교실에 도착하는 바람에 나는 메리 씨에게 아무 말도 하지 못했다.

심지어 메리 씨는 일부러 폭탄을 던지듯이…… 노골적으로 목소리를 키워서 이렇게 말했다.

"우와! 코타로, 굉장한 '미남'인걸!"

그 말에 교실에 있던 반 아이들이 일제히 이쪽을 보았다.

화장을 마친 내 모습을 보고 다들 놀라워했다.

"흠. 꽤 달라졌네요. 악역으로서 시선을 확 끌 수 있을 것 같아 다행입니다."

"오, 오오…… 오빠가, 오빠가 아니야!"

특히 나와 교류가 있는 니오와 아즈사가 말을 걸었다.

키라리의 화장 기술은 상당히 뛰어난 모양이다. 다른 아이들도 빤히 쳐다봐서 조금 민망했다.

"……끄으응."

하지만 의외로…… 이 교실에서 유일하게 불만인 듯한 사람이 있었다.

심지어 그건 시호였다.

"자, 잠깐 이리 와!"

시호는 드물게도 당황한 듯 나에게 달려와서 팔을 덥석 붙잡았다. 뭘 하는 건지 지켜보고 있었더니 그대로 교실 밖으로 나가려고 했다.

"어디에 가는 거야?"

"아무튼 와."

시호가 나를 질질 끌어 밖으로 데리고 나왔다.

그렇게 도착한 곳은 교사 뒤편.

문화제와는 거리가 먼 조용한 장소에서 그녀는 간신히 걸음을 멈췄다.

"…………."

하지만 아무 말도 하지 않고 조금 불만스러운 표정이었다.

"왜, 왜 그래?"

"아니…… 응. 그래, 너무 이런 말을 하면 부담스러워할 것 같으니까 참아야지."

"그런 식으로 말하면 괜히 더 신경 쓰이는데."

"……으윽! 그래, 우선 미리 말해두는 건데, 살짝 질투한 것뿐이거든?! 코타로를 두고 여자애들이 꺅꺅거리는 게 마음에 안 들어서 나도 모르게 단둘이 있고 싶어졌다──뭐 그런 이유가 있었던 건 사실이야. 하지만 착각하지 마. 나는 아무튼 널 좋아하니까 질투하는 것뿐이야."

화난 것처럼 보이지만, 잘 들어보면 시호다운 내용이라서…… 자연스럽게 얼굴이 풀어졌다.

메리 씨 때문에 싸늘해졌던 감정이 온기를 되찾아가는 듯한 느낌.

시호 덕분에 쓸데없이 굳어있던 몸에서 힘이 빠져나간 느낌이었다.

"화장도…… 아니, 이건 말 안 하는 게 낫겠어."

"화장? 혹시 별로 안 좋아해?"

시호가 싫다면 당장에라도 씻으러 가야지.

"아니야, 괜찮아. 평소의 코타로가 더 좋은 건 사실이긴 하지만. 그래도 그렇게까지 안 해도 돼. 네 의사를 속박하고 싶은 건 아니니까."

……어라?

시호치고는 모호한 말이 조금 마음에 걸렸다.

좋은 의미에서 제멋대로고, 자신에게 솔직하고, 감정을 거스르지 않는 점이 시호의 매력이다. 사양하다니 시호답지 않다──그런 생각에 지적하려고 했다.

하지만 그렇게 하기에는…… 내 상태가 너무 안 좋았던 모양이다.

"말은 이렇게 해도 내 질투는 사소한 문제야. 널 여기에 불러낸 이유 중 하나일 뿐이지."

"다른 이유가 더 있다는 거야?"

"그래. 코타로에게서 아주 고통스러운 듯한 소리가 들렸거든……. 뭔가 고민이 있는 거지? 힘든 일이 있었던 거지?"

──눈치채고 있었다.

시호에게 말할 수 있는 내용이 아니니까 비밀로 하려고
했는데.

그녀에게 '예전에 친구였던 여자애가 괴로워하는데 도와
주지 못하는 상황'을 상담하고 싶지 않았으니까.

"…………미안해."

내용은 도저히 말할 수 없어서, 내가 할 수 있는 말이라
고는 사과뿐이었다.

하지만 그녀는 그런 걸 원한 게 아니었던 모양이다.

"사과하지 않아도 돼. 잔소리할 마음은 없으니까…….
코타로에게도 말할 수 없는 일이 있다는 건 알아. 그걸 캐
내려는 생각도 없고…… 아니, 사실은 네 모든 걸 알고 싶
지만. 그래도 떼를 쓰고 싶은 건 아니니까."

안다.

시호는 아무튼 나를 걱정해주는 거다.

"하지만 난처해하는 너를 내버려 둘 수 없었어. 혼자서
힘들어하지 않아도 된다고 말하고 싶었어."

그렇게 말하며 시호는 생긋 웃었다.

질투하는 얼굴도 좋지만…… 나는 역시 이쪽이 더 좋다.

"무슨 일이 있어도 나는 네 편이야. 코타로는 코타로가
옳다고 생각하는 일을 하면 돼. 만약 그 선택이 틀렸다면
제대로 정정할게. 나쁜 짓을 하면 혼낼 거고, 착한 짓을 하

면 칭찬해줄게. 내가 널 지켜보고 있어……. 그것만은 명심해야 한다?"

——그 말이 등을 밀어주었다.

"……고마워."

좁아졌던 시야가 단숨에 넓어진 것 같은.

눈앞을 가득 덮고 있던 안개가 바람에 날려간 것 같은.

마음이 스윽 개운해지면서…… 머리가 맑아졌다.

시호의 말은 항상 나를 구해준다.

"나 열심히 할게."

그렇게 대답하자 시호의 미소가 아주 조금, 무언가 하고 싶은 말이 있다는 듯이 어두워졌다.

하지만 그건 한순간이었다.

"어음…… 아니. 그래. 응. 응원할 테니까……!"

바로 여느 때의 미소로 돌아온 시호는 내 주먹을 감싸듯이 붙잡았다.

"무슨 일이 있어도 너는 내 '주인공'이니까…… 코타로를 믿을게."

……그러고 보면 요즘 '믿는다'는 말을 자주 듣게 된 것 같다.

그 신뢰에 제대로 보답하자.

시호가 이 이상 걱정하지 않도록.

다소 강압적인 수단을 써서라도…… 나는 키라리와의

관계를 깔끔하게 청산해야만 한다——.

◆

『코타로는 코타로가 옳다고 생각하는 일을 하면 돼.』

그 말을 듣고 머릿속에는 이런 생각이 떠올랐다.

『시호에게 걸맞은, 멋있는 인간이 되고 싶다.』

그게 내가 생각하는 '옳은 것'이었다.

하지만 키라리를 못 본 척하는 사람이 멋있는 인간일 리가 없으니까.

'상처 준다고 해도, 상처받는다고 해도 키라리를 제대로 구하겠어.'

그게 내가 해야 할 일이었다.

시호에게 사양하느라, 주저하느라 결국 고민만 하고 아무 행동도 하지 않는…… 그렇게 어중간하게 굴어서는 그녀의 마음에 실례라고 생각했다.

게다가 키라리에 대한 감정을 계속 질질 끄는 것도 그만두고 싶었다.

제대로 '마침표'를 찍어야 한다.

나에게 사과한 아즈사처럼…… 과거와 결별할 필요성을 느꼈다.

나도…… 시호를 좋아하니까.

이 감정은 분명 수동적인 게 아니다. 능동적이고, 내가 정말로 느끼는 본심이다.

'시호를 기다리게 하는 건 이제 그만해. 문화제가 끝나면 제대로 마음을 전하자.'

그렇게 결심하고 다시금 기합을 넣었다.

침대에서 내려와 빠르게 준비를 마쳤다.

드디어 오늘을 맞이했다.

연극 당일. 지시받은 대로 집에서 일찍 나오자…… 예상대로 검은 리무진이 있었다.

"안녕, 지시한 시간을 맞춰줘서 고마워. 충실해서 좋구나. 우리 강아지와 비슷하게 말을 잘 들어."

차에 타자 다리를 꼬고 팔짱을 낀 자세로 거만하게 앉아 있는 메리 씨가 맞아주었다.

"아무리 그래도 너무 이른 거 아니야? 아직 6시인데."

"설마. 나는 더 일찍 만나도 괜찮았는걸? 오늘의 회의를 철저히 해두고 싶으니까……. 드디어 내 스토리가 완성되는 날이잖아. 얌전히 자고 있을 수 없다고."

흥분한 건지 메리 씨의 뺨이 살짝 붉었다.

"스토리는 플롯대로 진행 중이야. 복선은 이미 깔아놨고, 도입부도 착실히 풀었어. 파츠는 이미 완성이야. 이제 조합하는 것만 남았지."

뭐, 기분이 좋은 것도 당연한가.

왜냐하면…… 메리 씨가 구상한 '복수 러브 코미디'가 마침내 집대성을 맞으려 하고 있으니까.

"나만을 사랑하기로 한 료마는 어리석게도 다른 서브 히로인을 버렸어. 자신의 사랑이 성취되는 걸 믿어 의심치 않는 나르시시스트는 문화제 때 고백하기로 하지. 하지만 메인 히로인은 놀랍게도 다른 남자——코타로를 좋아하게 되었어. 코타로는 평범한 엑스트라지만, 료마가 아주 싫어하는 인간이기도 해. 패배에 짓눌린 료마는 자기가 버린 서브 히로인들에게 매달리지만, 전혀 상대해주지 않고 버림받아. 심지어 사실 서브 히로인들은 다들 과거에 코타로와 인연이 깊지. 의붓동생, 소꿉친구, 절친이었다는 세 명은 시간이 흘러 다시 코타로의 매력을 깨달았어. 그녀들은 한 번 배신한 걸 울면서 사과하고 엑스트라였던 소년의 하렘에 들어가. 이렇게 코타로는 메인 히로인만이 아니라 서브 히로인들까지 손에 넣고 행복한 생활을 보내지. 한편 료마는 후회에 시달리면서 자기가 얼마나 복 받은 인생이었는지 그제야 깨닫고, 과거에 매달리며 혼자 비참하게 사는 거야. 삶은 잘 풀리지 않고, 그때 이렇게 했으면 좋았을 걸, 저렇게 했으면 좋았을 걸 하고 아쉬워하면서 쓸쓸한 인생을 보낸다——는 스토리를 본 뒤에 나는 이렇게 말하는 거지……."

속사포처럼 쏟아낸 뒤, 일부러 뜸을 들이듯 숨을 들이마시는 메리 씨.

그렇게 시간을 벌린 뒤에 뱉은 말은, 평소의 '그것'이었다.

"——쌤통이다, 라고."

명대사도 완벽하다.

여기까지 말을 마치자 여러모로 후련해진 모양이었다.

"자, 그런 거니까…… 마지막 마무리까지 잘 끝나도록 제대로 움직여줘. 스토리의 노예답게, 창작자의 의도대로……. 알았지?"

유난히 상큼한 얼굴로 오늘의 흐름에 관해 이야기하기 시작했다.

그런 메리 씨의 모습을 신중하게 관찰하며…… 속으로는 어떻게 그녀의 시나리오를 망가트릴지 머리를 굴렸다.

반역의 씨앗은 제대로 뿌려놓았다. 물을 주고, 싹이 트고, 순조롭게 자라서…… 슬슬 열매가 맺힐 무렵이다.

메리 씨는 자신의 진짜 마음을 깨달았을 때——류자키의 고백을 거절할 수 있을까.

류자키가 불행해져서 쌤통이다——가 아니라.

류자키와 맺어져서 해피 엔딩——으로 만든다.

뒤틀린 복수극을 흔해빠진 러브스토리로 만든다.

자기가 '창작자'가 아니라 그저 '사랑에 빠진 히로인'이라는 걸 자각했을 때, 과연 메리 씨는 어떤 표정을 지을까?

그건 아주 조금, 기대됐다——.

제8화

내 사랑을 우습게 보지 마

——드디어 연극이 시작된다.

문화제 둘째 날. 일반 참가자도 오는 오늘, 1학년 2반의 처음이자 마지막 연극이 상연되려하고 있었다.

"후우……."

숨을 내쉰다. 나답지 않게 긴장한 건지 손이 떨린다.

돌이켜 보면 이렇게 주목을 받는 건 처음——도 아닌가.

그러고 보니 숙박 학습 때도 시호를 위해 무대에 올라 갔다.

그때와 비교하면 별거 아닌 건지도 모른다.

……시호는 아마 어딘가에 있겠지.

문득 그녀의 얼굴을 보고 싶어졌지만 윙 스테이지에 그 모습은 없었다.

하지만 시호의 잔향은 느껴진다.

무대 일부, 배경을 꾸며놓은 그곳에는…… 모양이 삐뚤삐뚤한 종이 리본이 있었다. 어설픈 솜씨로나마 열심히 접었을 그 종이 리본을 보자 마음이 편안해진다.

이건 그 애가 바란 무대이기도 했다.

그녀는 내 멋있는 모습을 보고 싶었다고 했다.

이 자리는 그 애가 나를 위해 손을 들어주었기 때문에

따낼 수 있었다.

그러니 이번에는 내가 열심히 할 차례다.

메리 씨의 꿍꿍이, 키라리의 실연, 그런 건 일단 잊어버리자.

지금은 그냥 시호를 위해 배역을 연기하자.

시호에게 걸맞은 '멋있는 나카야마 코타로'이기 위해.

——딸깍.

의도치 않게 스위치가 눌렸다.

오랜만에 느끼는 감각과 동시에 몸 안쪽에서 내가 아닌 누군가가 침식해오는 기척을 느꼈다.

'그럼 악역이 되어…… 스토리를 띄워보자고.'

그 순간, 마치 내가 내가 아니게 된 것처럼 변했다.

시호는 스위치를 전환하지 말라고 했지만.

『코타로는 코타로가 옳다고 생각하는 일을 하면 돼.』

그 말을 듣고 개운해졌다.

'시호, 미안해……. 오늘만이니까.'

시호에게 걸맞은 '멋있는 나카야마 코타로'가 되기 위해.

이렇게 해야만 내가 하려던 일을 할 수 있으니까, 일부러 스위치가 눌리는 걸 막지 않았다.

이렇게 나카야마 코타로는 악역으로 변한다——.

그리고 종막의 벨이 울렸다.

무대 위에 배우들이 나란히 서서 관객석을 향해 꾸벅 인사했다.

그 순간 커다란 박수가 회장에 울려 퍼졌다.

연기 장면은 별 재미가 없었으니 생략했다.

다만, 전달해야 하는 정보가 있다면…… 나카야마 코타로의 연기는 마치 사람이 바뀐 것 같았다는 것 정도일까.

무대 위의 나는 관객이 짜증을 낼 법한 악역을 훌륭하게 연기해냈다.

마치 내가 아닌 것 같은 악역미를 선보였다.

아무튼 연극은 끝났다.

하지만 그건 개막을 알리는 신호이기도 했다.

여기서부터가 진짜 시작이다.

메리 씨가 깊이 사랑하는 '복수 러브 코미디'가 클라이맥스를 맞이하니까──.

◇

『너는 대체 누구야?』

그 질문을 받은 뒤로 아사쿠라 키라리는 계속 생각했다.

'나는 과연 나일까?'

그녀는 자기 자신을 알 수 없어졌다.

'류 군을 만난 뒤로 나는…… 지금의 내가 됐어.'

계기는 선명하게 기억한다.

고등학교 입학식. 류자키 료마라는 소년을 만나 그녀는 자신을 바꾸기로 결단했다.

『외국인 같은 느낌이 좋은 것도 같아. 흑발도 싫은 건 아니지만.』

좋아하는 타입을 물었을 때 그는 이렇게 말했다.

키라리는 그 말대로 머리카락을 금색으로 물들였고, 컬러 렌즈를 끼고, 외국인처럼 발랄하게 행동했다.

외모도, 내면도, 전부 비틀어서라도 료마의 마음에 들려고 했다.

덕분에 친해지기는 했지만…… 결국 그 마음이 이뤄지진 않았다.

'그래. 그때…… 숙박 합숙 때 류 군의 마음을 알고…… 아니, 그것만이 아니야. 나는…… 코 군을 보고 나를 알 수 없게 되었어.'

좋아하는 사람만이 이유가 아니었다.

친구라고 생각했던 소년의 성장을 보고 그녀는 이를 악물었다.

'코 군은 멋있었어. 중학생 때보다 훨씬 매력적인 사람이 되었어……. 하지만 나는? 지금의 나는 정말 중학생 때의 나보다 매력적일까?'

사람들의 주목을 받으면서도 한 명의 소녀를 지키던 그는 무척 매력적이었다.

분명 그 변화는 시모츠키 시호 덕분일 것이다.

'코 군은 자기를 인정해주는 사람을 만난 거야……. 좋겠다.'

그녀는 두 사람의 관계가 부러웠다.

료마와 그런 관계를 구축하지 못한 키라리에게는 그 광경에 눈이 부셨다.

'나도 코 군처럼 되고 싶었어…….'

보답받고 싶다. 짝사랑만으로는 싫다.

인정받고 싶다. 너를 위해 모든 걸 바친 이 마음을 칭찬받고 싶다.

사랑받고 싶다. 이렇게나 좋아하니까.

하지만 키라리가 좋아하는 소년은 돌아보지 않았다.

아무리 노력해도 료마는 봐주지 않는다.

외모도 성격도 료마를 위해 바꿨는데, 좋아해 주지 않는다면…… 키라리가 '키라리'일 이유를 알 수 없었다.

그 때문에 원래 자신을 잃어버리고 말았다.

'중학생 때는 이렇지 않았는데.'

요즘 그녀는 당시를 자주 떠올리게 되었다.

처음에는 친구가 없어도 괜찮았다.

좋아하는 소설 속에 있다 보면 무거운 건 아무것도 없었다.

하지만 그날…… 그를 만난 뒤로 타인과 엮이는 것도 나쁘지 않다고 생각하게 되었다.

'코 군을 만난 뒤로…… 나는 약해졌어.'

코타로가 첫 친구였다.

코타로가 있었기에 타인에게 관심을 가지게 되었다.

코타로 때문에 혼자는 외롭다고 느끼게 되었다.

그리고 료마를 만나──사랑에 빠졌다.

운명의 사람이라고 믿고선, 이 사람과 계속 같이 있는 걸 꿈꾸고 말았다.

덕분에 이미…… 고독해도 고통스럽지 않았던 그 시절의 자신으로는 돌아갈 수 없게 되었다.

그렇다면 길은 하나뿐이다.

'지금의 내가 '나'이기 위해서는──류 군에게 사랑받을 수밖에 없어.'

그래서 그녀는 결심했다.

'고백할 거야……. 그래서 류 군에게 사랑받을 거야.'

문화제가 끝나면 당장에라도.

마음을 전하고 맺어지고 싶다고. 사랑해달라고. 칭찬해

달라고.

이런 키라리를 받아들여 달라고.

그렇게 생각했는데.

"메리. 나는 널 좋아해…… . 사귀어주지 않을래?"

그녀는 보고 말았다.

좋아하는 사람이 고백하는 순간을.

'이럴 수가…….'

고백조차 하지 못했다.

연극이 끝나고 계속 둘만 있을 기회를 찾으며 료마를 쫓아갔더니, 그는 사람이 없는 교사 뒤편에서 고백했다.

물론 그 상대는 자신이 아닌 다른 여자였다.

'이런 건, 너무해.'

절망했다. 모퉁이에 숨어있던 그녀는 바닥에 주저앉아 입술을 깨물었다.

료마를 위해 바뀐 키라리를 료마가 사랑해주지 않는다면…… 더는 키라리가 '키라리'일 이유가 없었다.

코타로의 질문에 머리에 떠올랐다.

『너는 대체 누구야?』

'나는, 책벌레? 아니면…… 갸루? 내가, 나고…… 뭐지? 왠지 전부, 뭐든 상관없어.'

그 답은 키라리 본인도 알 수 없었어——.

──대체 얼마나 시간이 지났을까.

긴 것 같으면서도 짧은 듯한. 그런 공백의 시간이 이어졌다.

"…………."

교사 뒤편 한구석에 말없이 쪼그려 앉아있다.

아까 좋아하는 사람이 고백하던 장소였다.

'시모츠키 시호 때는 못 본 척할 수 있었지만…… 더는 못하겠어.'

지금까지 해온 모든 것을 부정당한 기분이었다.

좋아해 주길 바라며 헌신했지만 무의미했다.

더는 아무것도 알 수 없다. 알고 싶지 않다. 알 수 있을 리 없다.

자신이 누구인지. 앞으로 어떻게 해야 하는지.

목적은 무엇이고, 어떤 얼굴로 어떤 선택을 해야 하는지, 알 수 없다.

'가르쳐줘……. 누가, 나를, 나에게 가르쳐줘.'

인정해줘. 구해줘. 지탱해줘. 매달리게 해줘.

아사쿠라 키라리는 아무튼 누군가에게 '의존'하고 싶었다.

그런 때였다.

그가 나타났다.

"……뭐야, 무슨 일인데?"

목소리가 들렸다.

화들짝 고개를 들자 그곳에 있는 건…… 한때 '친구였던 남자'였다.

"그렇게 침울해하다니, 무슨 일 있어?"

그는 걱정하는 얼굴로 걸어왔다.

"괜찮아? 기운 내, 키라리……. 뭐든 말해줘. 내가 널 도와줄 테니까."

마치 의존해도 괜찮다는 듯 다정하게 웃어주었다.

'코 군……!'

눈앞에 있던 건 수수한 소년이었다.

하지만 지금의 그는 무척 반짝거려 보였다.

마치 백마 탄 왕자님처럼.

가장 괴로울 때 와 준 소년을 보며 키라리는 저도 모르게 눈물이 나올 뻔했다.

'그렇구나. 내가 소중히 해야 하는 사람은…… 코 군이었던 거야.'

틀리고 말았다. 료마밖에 보이지 않아서, 그가 좋아하는 사람이 되려고 했다.

하지만.

'앞으로는 코 군을 위해 살자. 그를 위해 내 모든 걸 바칠래.'

새삼 결심했다.

자신이라는 히로인을 구해준 소년을 좋아하기로 했다.

"키라리. 내가 곁에 있을게."

그는 다정한 미소를 지으며 손을 내밀어 주었다.

키라리도 손을 뻗어 매달리려고 했다. 기대려고 했다. 의존하려고, 손을 뻗었다.

하지만…… 그 손이 붙잡은 건 허공이었다.

"──라고 말할 줄 알았어?"

손이 사라진다.

아니, 키라리가 잡으려고 한 순간에 피해버렸다.

"…………어?"

구해줄 줄 알았다. 앞으로 살아갈 방침으로 삼으려고 했다.

하지만 눈앞의 소년은 그런 마음을 전부 짓밟았다.

"비참하구나. 키라리…… 비극의 히로인이라도 됐어? 상처받고, 슬퍼하는 자신에게 취해서 자기 다리로 일어날 생각도 안 하고 도움의 손을 계속 기다리다니…… 불쌍해라. 이제 그만 꿈에서 깨야지."

──아니야.

키라리는 고개를 저었다.

지금은 그런 말을 듣고 싶은 기분이 아니다.

더 기대게 해줘. 다정하게 받아줘. 위로해줘. 괜찮다고 달래달라고……!

"역시 계속 의존하려고 하는 거야? 하여간……. 네 인생을, 이야기를 누군가의 손에 넘기지 말라고."

──아프다.

마음이, 아프다.

'코 군, 지금은 아니야……. 그게 아니잖아. 나는, 나는 크게 상처받았으니까, 더 상처 주는 짓은 하면 안 된다고.'

틀렸다고 생각했다.

원하지 않는 말에 키라리는 무심코 이렇게 말해버렸다.

"그런 말, 하지 마……."

스스로 깜짝 놀랄 만큼 떨리는 목소리였다.

하지만 눈앞의 소년은 가차 없었다.

"응석 부리지 마. 나는 네 히어로가 아니야. 주인공이 아니야. 잘 들어……. 나카야마 코타로에게 아사쿠라 키라리는 히로인이 아니야. 그런데 구해달라고 기대지 마. 매달리려 하지 마. 의존하지 마."

부정당한다.

마음을 전부 거절당한다.

"다만, 그래도 나에게 기대고 싶다면…… 매달리고 싶다면, 의존하고 싶은 거라면 기어. 굽신거리면서 비위를 맞춰. 그걸 원하는 거잖아? 다른 사람을 삶의 이유로 삼고 싶잖아? 그건 즉, 그런 거잖아?"

무시당하고 있다.

조롱당하고 있다.

야유당하고 있다.

우롱당하고 있다.

즉, 나카야마 코타로는 아사쿠라 키라리를 이렇게 생각했던 것이다.

"불쌍한 서브 히로인에게 베풀어줄게. 애정을 원하는 거지? 전부 주지는 못하지만, 뭐 일부 정도라면 줄 수도 있어. 옛정도 있으니까 가끔 말을 거는 정도라면 해줄 수 있어. 그러니까 애원해. 네가 할 수 있는 최대한의 성의를 보여. 그러면 삶의 이유가 되어줄 테니까."

불쌍하고, 비참하고, 한심한──완전히 '보답받지 못하는 서브 히로인'으로 인식하고 있는 모양이었다.

"스스로 자신이 누구인지 알 수 없을 만큼 약한 인간이니까 자존심도 없잖아? 그렇다면 머리를 숙여봐. 그러면 내가 구해줄게. 너는 결국 혼자서는 살 수 없는 불쌍한 인간이니까. 뭐가 '류자키 료마에게 자신의 전부를 바치고 싶어졌다'라는 거야? 키라리, 너의 그건 '사랑'이 아니야. 그냥 '의존할 상대'를 찾던 것뿐이지."

──윽!

그 순간, 무언가가 폭발했다.

계속 마음속 깊은 곳에 밀어 넣었던 감정이 터져 나와

몸속에서 휘몰아쳤다.

——아니야!

그게 아니다. 이런 결말을 바랐던 게 아니다.

——우습게 보지 마!

아사쿠라 키라리를 모욕하지 마.

마음속에서 치솟는 그것은 '분노'라는 감정이었다.

"⋯⋯싫어."

떨리는 목소리가 자연스럽게 새어나갔다.

하지만 그 목소리는 아직 작아서 코타로에게는 닿지 않았다.

"응~? 뭐라고~?"

계속 비웃는 듯한 태도에 키라리는 한층 폭발했다.

"'싫다'고, 했어!"

힘이 쭉 빠져있던 몸에 활력이 샘솟는다.

전신이 뜨거웠다. 속이 뒤집어졌다.

더는 자신을 억누를 수 없었다.

"머리를 숙이라고? 네가 뭔데⋯⋯ 건방 떨지 마! 나를⋯⋯ 나를 깔보지 마. 동정하지 마! 불쌍하다고 하지 마!!"

소리친다. 일어난다. 눈앞에 있는 소년의 뺨을 힘껏 때린다.

짝!

건조한 소리가 울린다. 하지만 키라리의 감정은 진정되지 않았다. 충동에 몸을 맡겨 소년의 멱살을 잡고 그 거만한 얼굴을 향해 한 번 더 소리쳤다.

"나를 우습게 보지 마!!"

확실히 키라리는 비참하다. 실연한 패배 히로인이다.

하지만, 그렇다고 해서 우습게 보는 건 용서할 수 없었다.

"내 사랑을…… 스토리를, 부정하지 마."

그래. 그녀도 스토리를 지니고 있다.

실패도 많고, 눈 뜨고 봐주기 힘든 망작일지도 모른다.

하지만 그렇다고 부정당하고 싶지 않다.

왜냐하면 그녀는 노력했으니까.

행복해지고 싶어서 필사적으로 쌓아 올린 스토리니까.

"너는 모르겠지! 자신의 전부를 희생해서라도 사랑받고 싶은 내 마음을!!"

소리친다.

우짖는다.

자신의 감정을 눈앞의 소년에게 힘껏 부딪친다.

"사랑해준다면 설령 내가 아닌 다른 사람이 된다고 해도 상관없었어……. 너는 그 정도로 누군가를 좋아하게 된 적이 있기는 해?!"

그날 일은 어제 있었던 일처럼 기억하고 있다.

고등학교 입학식, 처음 만난 류자키 료마라는 소년을 보고 첫눈에 반했다.

　운명의 사람이라고 직감했다. 아직 그 이유는 모른다. 하지만 특정한 누군가를 좋아하게 된 건 처음이라서 꼭 맺어지고 싶었다.

　그녀는 옛날부터 좋아하는 것에 열중하는 습관이 있었다.

　중학생 때는 '소설'을 좋아해서 계속 거기에 빠져있었다.

　그것만이 키라리의 전부였다.

　고등학생이 된 뒤에는 '류자키 료마'가 그 대상이 되었다.

　아무튼 그에게 빠져들었다.

　료마가 진심으로 좋았다. 단지 그뿐이다.

　이 마음은 조롱당해도 괜찮은 게 아니다.

　의존할 상대를 찾는 것뿐이라고?

　그럴 리 없다. 그래도 괜찮을 리가 없다.

　"좋아하는 사람과 맺어지고 싶어 하는 게 그렇게 나쁜 일이야? 그러기 위해 나를 비틀어서라도 좋아하는 사람의 이상형이 되려고 노력하면 안 되는 거야?"

　사랑에 빠져서, 그 마음이 이뤄지길 바라며 노력한다──키라리의 행동은 그저 그뿐이었다.

　그런데 눈앞의 소년은 그걸 부정했다.

　키라리의 노력과 마음에 침을 뱉고 짓밟았다.

　그걸 용서할 수 없었다.

"코 군…… 가르쳐줘. 너는 왜 날 우습게 보는 거야? 말해. 응? 제대로 대답해…… 나카야마 코타로!!"

소리친다. 감정에 맡겨서 한 번 더 뺨을 갈기고 싶은 기분이었다.

"말 좀 하라고……."

일방적인 폭언에 움츠러들 것 같다.

하지만 그는 눈을 돌리는 것도 용서하지 않았다.

멱살을 잡힌 소년은 키라리에게서 시선을 떼지 않고 똑바로 마주 바라보았다.

"그렇다면——결과를 내. 싸우지도 않고 아우성치기만 한다고 뭐가 달라져? 성과 없는 노력에서 만족하지 마."

그 날카로운 말이 키라리의 가슴을 찔렀다.

확실히 그 말이 옳다고 느꼈기 때문이다.

노력하기만 하고 만족하는 자신이 한심했다.

"고작 나 같은 인간으로 타협하려는 그 '러브 스토리'가 우습지 않을 리가 있겠어? 그런 점이 약하다는 거야. 더 발버둥 쳐……. 이대로는 불쌍하고 비참한 서브 히로인으로 남는단 말이야."

——싫어.

서브 히로인인 채로 끝나다니, 그런 건 용납할 수 없다.

"거기서 끝나도 괜찮다면 내가 총애를 베풀어주겠다는 거야. 아쉽지만 나는 중학생 때의 널 친구라고 생각했거든.

그 정을 봐서 삶의 이유를 줄게. 기쁘지? 서브 히로인에게 걸맞은 결말이잖아? 그러니까 기뻐해. 평소처럼 웃어. 헤실헤실, 내 비위를 거스르지 않도록 알랑거리라고."

소년은 여전히 비웃고 있다.

아무리 소리쳐봤자 키라리의 마음은 전해지지 않는다.

왜냐하면 키라리는 아직 싸우지조차 않았으니까.

"──두고 봐."

분노가 정점을 넘었다.

"나카야마 코타로…… 나를, 날 두고 봐!"

지고 싶지 않다.

"너에게 보여주겠어……. 내가 서브 히로인이 아니라는 걸!!"

이 소년의 뜻대로 되진 않겠다고 맹세했다.

이건 아사쿠라 키라리의 '오기'다.

"드디어 알았어. 나는 '나'야……. 옛날도, 지금도 변하지 않았어. 나는 항상 '나'야!"

외모가 바뀌어도, 성격이 바뀌어도, 사상이 바뀌어도 아사쿠라 키라리는 '아사쿠라 키라리'다.

전부 다 바뀌었어도 키라리는 여전히 '키라리'다.

그 사실을 깨달은 그녀는 가슴을 펴고 당당하게 선언했다.

"좋아한다고 말하게 해주겠어……. 류 군과 애인이 될 거야! 그래서 널 후회하게 만들겠어! 내 마음을 다시는 부정하지 못하게 만들어주마!!"

그렇게 말한 뒤 거칠게 소년을 뿌리쳤다. 멱살을 잡혔던 그는 비틀거리듯 자세가 무너져 바닥으로 쓰러졌다.

그런 그를 내려다보며 키라리는 한 번 더 소리쳤다.

"——나를…… 나를 똑똑히 지켜보라고!"

다시는 무시하지 못하게 할 테다.

내 사랑을 부정하지 못하게 할 테다.

그런 결의를 말에 실어내며 소년을 노려보았다.

이건 싸움이다. 하고 싶은 말은 다 했다. 손도 댔다. 상처 줬다. 그러니 이번에는 저쪽 차례라며 키라리는 대비했다.

먼저 손을 댄 건 자신이다. 앙갚음이 돌아와도 어쩔 수 없다.

하지만 그는…….

"그래."

——아무것도 하지 않았다.

"나를 후회하게 만들고 싶다면 꼭 그렇게 해."

그는 조금도 화내지 않았다.

아니, 그는 오히려…… 기뻐 보였다.

"……영문을, 모르겠어."

맥이 풀렸다. 키라리는 한숨을 쉬고 소년에게서 시선을

돌렸다.

짐승처럼 우짖으며 날뛴 자신과 다르게 그는 계속 냉정했다.

그런 모습을 보고 있으면 자신이 너무 한심해서…… 키라리는 더는 이 자리에 있을 수가 없었다.

"…………."

그대로 발걸음을 돌렸다.

아무 말도 하지 않고 교사 뒤를 떠났다.

──반드시 행복해지겠어.

마음속에 격정의 불꽃을 지피며 앞으로 걸어 나간다.

그 발걸음엔 이제 망설임은 없었다──.

◆

뺨이 뜨겁다. 아까 얻어맞은 탓에 살짝 열이 올랐다.

"후…… 피곤하다."

익숙하지 않은 짓을 했기 때문인지 피로가 심하다.

하지만…… 키라리가 다시 앞을 보았다.

이래야 키라리지. 아니, 그렇지 않으면 키라리가 아니다.

'악역 스위치를 누른 보람이 있었어…….'

그녀를 구하기 위해서는 이런 방법밖에 떠오르지 않았다.

일부러 화나게 해서 각성을 촉구한다──그러려면 평소

내가 하지 않을 법한 말들을 해야 한다.

시호에게 걸맞은, 멋있는 나카야마 코타로라면 키라리를 못 본 척하지 않을 테니까, '악역' 캐릭터가 되어 그녀에게 상처를 주었다.

덕분에 키라리는 과거의 모습을 되찾았다.

다른 사람의 비위를 맞추며 자신의 가치를 유지하는 게 아니라.

다른 사람과는 상관없이 자신을 믿는──그런 키라리를 무척 동경했었다.

다시 그때의 키라리를 볼 수 있게 되어서 다행이다.

이미 나는 그녀와 타인에 불과하지만.

한때는 분명히 '친구'였다. 아니, 그 정도가 아니고…… 나는 키라리를 '절친한 친구'라고 생각했었다.

그래서 역시 그녀가 불행해지는 건 원하지 않는다.

류자키를 좋아하는 마음을 포기하지 않길 바랐다.

키라리는 진심으로 그 녀석을 좋아하는 거잖아?

그렇다면 힘내. 제대로 행복해져.

앞으로도 분명 그녀는 가시밭길을 걷겠지. 지금도 그녀의 스토리에는 '고통'이 가득하다. 그걸 견디지 못하고 좌절할 뻔했다.

하지만 부디 그 고통을 견디길 바란다.

참을 수 없게 되면 나에게 느꼈던 '분노'를 떠올리고 계속 싸워나가길 바란다.

제발 나를 후회하게 해줘.

말이 아니라 결과로, 나에게 패배를 줘.

그때는 머리를 박고 사과하든 뭐든 할 테니까.

나는 필요 없다고 느낄 만큼 류자키를 좋아하게 되었다면.

내가 부러워할 만큼 커다란 행복을 손에 넣어야지.

그게 한때 절친이었던 내 소원이다.

많은 일이 있었지만…… 이제 내가 걱정하지 않아도 키라리는 괜찮을 것이다.

이젠 알아서 행복을 움켜쥘 것이다. 키라리에게 해줄 수 있는 건 이제 더 없다.

그래서 슬슬 악역 스위치를 끄려고 했다.

"…………어라?"

하지만 신기하게도…… 아무리 기다려도 그 소리가 들리지 않는다.

대신 내 목소리가 들렸다.

'아직 끝나지 않았어.'

마음속 깊은 곳에 숨어있던 내가 증오로 얼룩진 소리를 냈다.

'메리 씨와 류자키가 아직 남아있잖아.'

악역 스위치를 끄기에는 아직 이르다며——.

'너는 어중간한 수단으로 시호를 지킬 수 있다고 봐?'

다른 인격이 나를 지배한다.

그제야 간신히 '왜 시호가 스위치를 전환하는 걸 싫어했는지' 이해할 수 있었다.

왜냐하면…… 내가 내가 아니게 되니까.

"──젠장."

저항하려 했다.

하지만 악역이라는 역할에 삼켜진 나는 사라져주지 않았다.

그런 상황에서 엎친 데 덮친 격으로.

"……왜?"

아마도 숨어서 우리를 지켜보고 있었을 메리 씨가 불만 어린 얼굴로 등장했다.

이 타이밍에 나오길 바라지 않았는데.

"괜한 짓은 안 했으면 하는데……. 내 시나리오에서 이 탈했잖아."

평소의 나였다면 온건한 말을 선택했을 것이다.

하지만 지금의 나는 내가 아니니까.

"시킨 대로 했는데. 나는 키라리를 받아들이려고 했잖아? 그걸 거부한 건 키라리지."

도발하듯이 메리 씨를 자극하는 발언을 던졌다.

"그대로 나에게 굽히고 들어온다면 받아들여 줄 생각이 었는데……. 아, 아쉬워라. 키라리는 나 정도의 인간으로는 부족한가 봐."

차마 반박할 줄은 몰랐던 모양이다.

"……키우던 개에게 손을 물린 기분이라는 말은 이럴 때 쓰는 모양이네."

메리 씨는 조금 침착함을 잃은 것처럼 보였다.

"──아즈사처럼 받아들일 줄 알았는데. 코타로는 그런 캐릭터잖아? 다른 사람에게 상처 줄 용기가 없고, 누구나 받아들이는 '다정함'만이 장점인 엑스트라였는데."

"고마워. 칭찬해줘서 기쁘네…… 하하. 그래, 다정함만이 장점이라는 건 딱히 틀린 건 아니야. 하지만 착각하지 마. 나는 성인군자가 아니야. 아즈사를 받아들인 건 가족이라서야."

말할 필요가 없는 것까지 입에 담아버린다.

메리 씨에게 말해봤자 의미가 없는데 공격적인 태도를 무너트릴 수 없었다.

"피는 이어지지 않았지만, 아즈사는 마음이 이어진 소중한 사람이야. 그러니까 내게 상처를 줘도 용서하고, 아즈사가 상처 입었으면 위로하지. 누구보다 가까이 있는 사람이니까 당연하잖아?"

하지만 키라리는 타인이다.

"그 애의 인생에 내가 간섭할 이유가 없어. 가족도 아니고, 지금은 이제 친구조차 아니지. 그런데 '무조건 수용'하라는 어려운 요구는 하지 마."

손이 닿는 대로 타인을 구원할 수 있다고 생각할 만큼 교만하지 않다.

류자키처럼 무책임한 다정함을 뿌리고 다닐 만큼 어리석지도 않다.

"뭐, 그래도 노력은 했어. 받아들일 수 있는 이유와 조건을 제시했지. 하지만 키라리가 그걸 거부했어──그뿐이야."

사실은 받아들일 노력 같은 건 처음부터 포기하고 아무튼 키라리를 화나게 만들려고 했지만, 그걸 인정할 만큼 멍청하진 않다.

메리 씨도 내 의도는 알고 있을 것이다. 그래서 잘못했다는 걸 인정하게 만들어서 목줄을 다시 쥐려고 했지만, 나는 끝까지 시치미를 뗐다.

"쯧……, 못 써먹겠네."

웬일로 짜증을 숨기지 않는 메리 씨를 보며 나는 내심 미소 지었다.

"그 얼굴을 보고 싶었어……. 모든 게 다 뜻대로 흘러간다고 생각하지 말라고."

무의식중에 시비를 거는 말이 나왔다.

이런 건…… 내가 아니야.

내가 이런 말을 할 리가 없는데……!

'들어가 있어, 너는 그래봤자 엑스트라에 불과해…….

어차피 아무것도 못 하잖아? 뒷일은 내가 어떻게든 할 테니까.'

내가 아닌 '코타로'가 마음을 지배한다.

더는 나 자신을 제어할 수 없었다──.

제9화

❄ 쌤통이다

——오랜만이야.

숙박 학습 이후로 보는 나에게 반가움을 느꼈다.

그때는 아직 평소의 나로도 시호를 지킬 수 있다고 생각했다.

하지만…… 시간이 지나 변함없이 아무것도 하지 못하는 나를 보며 아주 짜증이 났다.

메리 씨가 류자키를 좋아한다고?

그래서 두 사람이 사귄다면 해피 엔딩으로 스토리가 끝난다고?

그렇게 안이하니까 너는 아무리 시간이 지나도 시호와 더 깊은 관계가 되지 못하는 거야. 작작 좀 해.

시호가 그렇게 긍정해주었는데 여전히 스토리의 단역으로 머물러 있으려고?

됐어. 나머지는 내가 할게.

악역이라는 스위치를 누른 덕분에 모처럼 다른 내가 되었다.

한심한 엑스트라인 나는 뒤로 물러나 있으라고 하고, 여기서부터는 '내'가…… 메리 씨의 스토리를 제대로 망가트리겠어.

"젠장……. 뭐, 됐어. 일류 창작자는 예상치 못한 일이 일어나도 대처할 수 있으니까. 캐릭터가 알아서 움직이는 것도 별로 특이한 일이 아니고, 흔하고 사소한 일에 불과해……. 진정하고, 한 번 더 조립하면 그만이야."

메리 씨는 명백하게 동요하고 있었다.

"결국 료마가 차이기만 하면 되는 거야. 그 역할은 삼류 배우인 엑스트라가 아니라 내가 할 테니까…… 실패할 리 없어. 응, 그러니까 괜찮아. 내 시나리오는 무너지지 않아……!"

자신을 설득하려는 듯한 말투가 어쩐지 재미있다.

뭐, 그렇지. 이제부턴 내가 아니라 메리 씨가 연기할 차례다.

류자키를 차고 나를 좋아한다고 말한다. 류자키는 나에게 또다시 메인 히로인을 빼앗기고 절망한다. ……그런 시나리오다.

그러니 실패할 리가 없다.

그럴 리 없는데도, 메리 씨는 불안을 숨기지 못하는 것처럼 보였다.

여전히 너도 '보이는' 것 같아 다행이야.

그 부감 시야로 나를 보니까 불안하지?

단순한 장기 말이라고 생각하던 협력자에게 배신당한 게 상당히 충격이었지?

나는 모든 계획을 파악하고 있다.

네 생각을, 책략을, 전부 알고 있다.

그러니까 내가 방해하면 대항할 수 없다고 걱정되는 거겠지.

"……아무쪼록 가만히 있어."

"나는 아무 짓도 안 할 거야. 늘 그랬듯이."

"키라리 일은 눈감아줄게. 하지만 다음에 무언가 내 의도와 다른 짓을 하면…… 이번에는 시호의 평화가 사라진다는 걸 이해하도록 해."

"난 잊은 적 없는데? 여전히 나는 메리 씨에게 복종하고 있잖아? 이건 배신한 게 아니야. 멍멍멍. 귀여운 강아지답게 꼬리를 흔들며 손을 내밀고 있는 것뿐인데 왜 그렇게 무서워하는 거야?"

"말수가 많아졌잖아. 너답지 않아."

"그러는 너는 말수가 줄어들었어. 너답지 않게."

"――닥쳐."

어이쿠. 조금 말을 많이 해버렸나.

지금은 아직 냉정함을 유지할 수 없을 만큼 동요하는 정도로 충분하다.

적절한 타이밍에 그녀의 이성을 빼앗을 법한――그런 수를 쓰면 된다.

나카야마 코타로. 조금 더 '기다려'.

순종적인 멍멍이답게, 얌전히 있으라고——.

◇

——태어났을 때부터 나는 모든 것을 갖고 있었다.

자산가인 아버지와 미모의 어머니 사이에서 태어나 두 사람의 재능을 이어받았고 머리도 좋았다. 마음만 먹으면 못 하는 건 아무것도 없었다.

메리 파커는 '천재'였다.

그런 그녀에게 '현실'이란 작업의 반복이었다.

뭐든 할 수 있었으니 당연하다. 운동도 가르쳐주는 걸 완벽하게 습득할 수 있었고, 공부도 한 번 배운 지식은 다시는 잊지 않았다. 게임으로 비유하면 그녀의 능력치는 어릴 때부터 999를 찍은 상태였기에 앞으로의 인생은 그저 지루한 작업에 불과했다.

하지만 그런 그녀가 유일하게 즐길 수 있는 게 있었다.

그것이 '스토리'였다.

'뭐야 이거, 굉장하잖아……!'

지루한 현실과 다르게 '스토리'는 자극으로 가득했다.

현실에 절망한 소녀는 픽션 세계에 빠져들었다.

지식욕이 왕성한 메리는 모든 스토리를 알고 싶어서 동동거렸다. 애니, 영화, 드라마, 소설, 만화, 연극 등등. 매체는 상관없이 닥치는 대로 소화했다.

그런 나날이 3년이나 이어졌다.

당시 9살이었던 메리는 그 아이에 이미 막대한 스토리를 숙지해서 모르는 게 거의 없어졌다.

그 무렵이었다. 메리에게 좋아하는 '장르'가 생겼다.

'쌤통이다——!'

어떤 소설을 읽었다.

복수물 작품으로, 적을 쓰러트린 주인공이 행복해지는 흔한 스토리다.

적 캐릭터는 주인공과 대결해서 패배한 걸 계기로 몰락해서 불행해졌다. 그 결말에 그녀는 형언할 수 없는 쾌감을 느꼈다.

'더, 더, 더!'

이후 복수물에만 빠져들게 되었다. 하지만 그녀가 영원히 즐길 수 있을 만큼 그 장르의 작품은 물량이 많지 않았다.

스토리는 유한하다.

무한한 쾌락을 요구하는 메리에게는 너무나도 적은 수였다.

'더 즐기고 싶은데……!'

원하는 대로 되지 않는 현실 세계에 답답함을 느낀다.

쌤통이다——그 한마디를 하고 싶은데 그렇게 해주는

스토리를 만날 수 없다.

그걸 용납할 수 없었다.

손에 들어오지 않는 게 있다는 걸 견딜 수 없었다.

그래서 그녀는 계속 찾았다.

온갖 매체의 작품을 뒤지며 자신이 좋아하는 장르를 찾으려고 필사적이었다.

그런 어느 날이었다.

'……어라? 스토리는 정말 허구에만 존재하는 걸까?'

불현듯 깨달았다.

'현실이란 설정이 방대하고, 전개에 일관성이 없고, 캐릭터의 관계성이 복잡할 뿐…… 여기에도 '스토리'는 존재하는 거 아닐까?'

마침내 그녀는 발견하고 말았다.

무한한 스토리를 알고 말았다.

'그렇다면 내가 조절하면 돼. 설정을 간략화해서 전개를 다듬고 캐릭터를 엄선하면…… 스토리가 '보이게' 되지 않을까?'

그 가설에 메리의 가슴이 두근거렸다.

물론 그건 평범한 인간은 하지 못하는 어려운 일이다.

하지만 그녀는 천재다. 마음만 먹으면 뭐든 할 수 있었다.

그래서 메리는 성공하고 말았다.

'……완성, 했어!'

처음 만든 스토리는 부모의 애증극이었다.

자산가의 집에는 흔히 있는 일이다. 아버지는 돈 때문에 강제로 정해진 약혼자와 결혼했다. 그에게는 사실 사랑하는 사람이 있었으나, 그 사람과 평생을 함께할 수 없었다.

그리고 어머니는 돈밖에 보지 않는 썩은 인간이었다. 좋은 집안에서 태어났고 외모가 빼어날 뿐, 그녀는 추한 인간이었다. 남편을 돈이 나오는 도구로밖에 보지 않았고, 육아도 집안일도 방임하고선 젊은 남자와 바람을 피웠다.

그런 어머니를 적으로 설정했다. 아버지의 옛 연인을 찾아낸 뒤 운명적인 만남을 연출해서 과거의 사랑을 상기시킨 후 어머니의 불륜을 폭로했다.

물론 메리는 흑막이다. 겉으로는 일절 나서지 않고 배후에서 부모님과 관계자를 뜻대로 조종했다.

그 결과, 성공하고 말았다.

'쌤통이다!'

생모의 몰락을 보며 메리의 가슴은 두근거렸다.

진정한 사랑을 손에 넣고 행복해 보이는 아버지를 보며 쾌락에 잠겼다.

하지만 그게 다였다.

'어라? 이 정도로 끝이야?'

아직 시작인데.

어머니가 더 괴로워하고, 아버지가 더 행복해지는……

그런 스토리를 만들고 싶었다.

하지만 그게 저지당했다.

심지어 행복해졌던 아버지가…… 어머니를 동정해서 멈춘 것이다.

『이 이상은 전처가 괴로워하는 모습은 보고 싶지 않다.』

그런 황당한 감정론으로 어중간한 상태에서 복수극이 끝났다.

결과 메리는 타다 만 장작 같은 감정을 처리하지 못한 채…… 스토리에 마침표가 찍히고 말았다..

'이렇게 카타르시스가 부족한 엔딩이라니, 말도 안 돼.'

뒷맛이 더러운 건 아니지만 통쾌함도 없다.

그저 충족되다가 만 감정만이 남아서…… 그 아쉬운 감각은 이윽고 불쾌함이 되어 메리를 괴롭혔다.

'……뭐야. 현실은 결국 이런 거구나.'

한순간이라도 이 시시한 세계에 꿈을 꾼 자신이 부끄러웠다.

결국…… 아무리 발버둥 쳐도 의미는 없었다.

첫 작품은 용두사미의 '망작'이었다——.

◇

스토리를 신나게 즐긴 소녀가 이윽고 제작자가 된다——

그것 자체는 어느 의미로는 당연한 흐름이지만.

메리가 천재였기 때문에 뒤틀렸다.

아마 허구의 이야기를 만드는 쪽으로 갔다면 후대에 남을 만한 명작을 여럿 만들어 낼 수 있었을 것이다. 그 정도로 메리의 능력치는 뛰어났다.

하지만 뭐든 할 수 있었기 때문에 그녀는 현실을 스토리로 만들어버렸다.

허구를 현실에서 표현해버린 메리는…… 아주 뒤틀린 창작자가 되고 말았다.

더욱 불행하게도 그녀는 자신의 작품에 만족하지 못했다.

'아니, 망작이 된 건 내 기술이 부족한 것뿐이야……. 더 실력을 쌓으면 분명 걸작도 만들 수 있겠지!'

그렇게 믿으며 그녀는 계속 스토리를 만들었다.

어린 시절에는 어른을 써서 애증극을 중심으로 복수물 전개를 만들어냈다.

사춘기가 되자 동급생을 데리고 굴리며 학원물 러브 코미디에 빠졌다. 어른과 다르게 아이는 단순하고 조종하기 쉬워서 그녀에게는 더욱 유리했다.

하지만 아무리 작품을 만들어도…… 그녀가 만족하는 스토리는 되지 않았다.

'그렇구나. 내가 나쁜 게 아니야……. 현실이 나쁜 거지.'

메리는 그제야 깨달았다.

이 현실 세계는 아무리 발버둥 쳐도 지루한 '망작'이라는 것을.

'캐릭터가…… 엑스트라밖에 없어.'

주인공이 존재하지 않았다.

서사가 풍부한 캐릭터가 어디에도 없었다.

엑스트라를 주인공으로 세워봤자 그들의 상한은 너무 낮았기에…… 이윽고 스토리는 지루한 방향으로 수렴해간다.

그 사실을 깨달은 메리는 모든 것에 절망했다.

'그래. 나는 더는…… 이야기를 즐길 수 없는 거야.'

픽션 작품으로는 만족할 수 없어서.

모처럼 현실에서 스토리를 찾아냈는데.

그 현실은 너무나도 꿈이 없는 세계관이었다.

'따분해.'

한때 그녀는 삶의 의미를 알 수 없어졌다.

앞으로 아무것도 즐길 수 없는 인생에 가치가 있는가──

계속 그렇게 고민했다.

그때였다.

우연히 아버지의 사업 파트너로 일본인이 나타났다.

눈 밑의 다크서클이 인상적이고, 말을 걸어도 쌀쌀맞아서 마치 기계 같은 무기질적인 느낌이 드는 여성이었다.

『일본에 관심이 있다고? 여기와 별 차이는 없는데…….

그래. 굳이 꼽으라면 인간이 너무 비합리적이야. '소꿉친구'나 '지인' 같은 시시한 '인연'을 소중히 하는 멍청한 나라지. 이해관계가 아니라 '정'으로 움직이는 인간이 많아서 나는 싫어해. 그래서 이렇게 외국에 나와 일하고 있지.』

그 말에 매력을 느낀 건 아니다.

하지만 다른 사상이 만연한 그 장소에 가면 '세계'가 바뀔지도 모른다——그런 기대를 품고 일본에 관심을 가졌다.

『일본에 가고 싶다고? 그래, 네가 바란다면 내가 수배해 줄 수도 있어. 너는 그냥 일본에 가기만 하면 돼. 생활에 필요한 모든 것을 내가 제대로 마련해줄 테니⋯⋯. 대신 '나카야마'라는 이름을 잊지 마라. 언젠가 네가 출세했을 때 신경 써주기만 하면 돼.』

그렇게 수상한 일본인의 도움을 받아 메리는 일본에 왔다.

딱히 큰 기대를 했던 건 아니다.

하지만 작은 가능성에 걸고⋯⋯ 주인공 속성의 인간을 찾았다.

예를 들어 어느 날 갑자기 하늘에서 떨어진 소녀라거나. 빚 대신 부모에게 팔린 불쌍한 소년이라거나. 이세계에서 귀환한 영웅이라거나.

미소녀 소꿉친구가 있는데 여자애들에게서 마구 사랑받는 하렘 주인공이라거나.

그런 인간이 있을 리 없다고 생각하면서도 밑져야 본전이라고 찾아봤고⋯⋯ 마침내 발견했다.

'──있었어! 류자키 료마는 하렘 주인공이야!'

발견한 순간 가슴이 뛰었다.

그를 사용하면 메리가 바라는 최고의 스토리를 만들 수 있다고 확신했다.

그 후로 그녀는 '복수 러브 코미디'를 만들기 위해 노력했다. 그리고 마침내 완성이 코앞으로 다가왔는데…… 방해가 들어오는 바람에 그녀는 극도로 분노했다.

'코타로……. 쓸데없는 짓 하지 말라고.'

뜻대로 되지 않아서 짜증이 치밀었다.

엑스트라에게 방해받은 게 아주 화가 났다.

'코타로가 키라리를 받아들이지 않아서 통쾌함이 줄어들었잖아……. 하아.'

그 소년은 어딘가 이상하다.

어딜 봐도 엑스트라에 불과한 주제에 다르게 행동한다.

의사가 있다. 신념이 있다. 흔들리지 않는 강함이 있다.

본래대로라면 공기와도 같은 엑스트라 주제에 '자아'가 확실하다.

그런 엑스트라는 지금까지 본 적이 없었다.

주인공으로 세우려고 손을 쓴 엑스트라는 여럿 있었지만…… 예외 없이 다들 변하지 않았다.

엑스트라는 엑스트라인 채로 인생을 살아가기 마련인데.

코타로만은 어째서인지 엑스트라답지 않은 행동을 한다.

마치 누군가가 이끌어주는 것처럼…… 코타로는 단순한 엑스트라에서 다른 '무언가'로 변화하고 있다.

'젠장……. 뭐, 됐어. 키라리보다도 아무튼 료마만 불행해지면…… 그것만으로도 훌륭한 스토리가 될 테니까!'

그걸 지켜볼 수 있다면 조금은 기분도 나아질 것이다.

그렇게 생각하며 그녀는 교실로 향했다.

조금 전 고백받았을 때는 조금 기다려달라고 대답을 보류했다. 한 시간 뒤에 빈 교실에서 대답을 들려주겠다고 했다.

왜 시간을 지정했냐면, 나카야마 코타로와 미리 맞췄기 때문이다.

이후에 코타로도 등장할 예정이다.

클라이맥스 시나리오도 제대로 구성해놓았다.

창작자로서 해야 할 일은 꼼꼼히 해 놓았다.

'예정이 조금 바뀌었지만…… 괜찮아. 이번에야말로 절대 '망작'을 만들지 않을 거야.'

드디어 이 순간이 왔다.

메리가 가장 바라던 순간이다.

『쌤통이다.』

그 한마디에 굶주려있다.

그녀는 그 쾌락을 강렬하게 원한다——.

◇

마침내 이 순간이 왔다.

나, 류자키 료마는 오늘…… 메리에게 고백했다.

곧 그 대답을 들을 예정이다.

『가, 갑자기라서 놀랐어……. 조금 기다릴 수 있어? 어설픈 말로 료마 마음에 대답하고 싶지 않아. 내 마음을 제대로 료마에게 전할게!』

여느 때처럼 순수하게 웃으면서 그렇게 말해주었다.

그 눈부신 미소를 보았으니 나는 안심하고 기다릴 수 있는 거겠지.

'거절할 리 없어.'

곧 메리는 내 마음을 받아들일 테니까.

"…………."

저녁놀이 드리우는 빈 교실에서 창밖을 바라보며 메리가 오기를 기다렸다.

문화제도 완전히 끝나 교내는 후야제 분위기다. 교정에서는 수많은 학생이 모여 무언가 이벤트를 즐기고 있다.

그걸 보고 있었더니…… 자꾸만 숙박 학습 때가 떠올라서 가슴이 아팠다.

"드디어 이 아픔에서도 해방이야……!"

메리의 존재가 나의 공허한 이 마음을 채워줄 테니까.

"이제…… 시호를 짝사랑하던 것도, 끝날 수 있어."

메리와 사귀게 되면 분명 그녀에게 빠져들 것이다.

시호와는 계열이 다른 미인이지만 레벨로 치면 동급……
아니, 육체적인 매력도 고려하면 메리가 더 위다.

운동도 잘하고, 성적도 좋고, 자산가 부모의 딸인데도
사교적인 성격……. 외모도 성격도 태어난 환경도 모든 게
시호의 상위 호환이라고 해도 과언이 아닐 것이다.

그런 여자가 내 손에 들어온다.

"이제 나카야마에게 느끼던 열등감도——사라질 거야."

드디어.

나는 드디어 그 녀석에게 '졌다'고 생각하지 않을 수 있다.

오히려 메리를 손에 넣은 내가 더 뛰어나니 '이겼다'고
할 수 있겠지.

이대로 결혼하면 장래는 안녕하다.

아니, 딱히 헤어진다고 해도 그녀와 애인이었다는 실적
은 내 자신감이 되어준다.

다양한 의미로…… 장차 미래에 메리는 최고의 존재였다.

그대로 몇 분을 기다렸을까.

약속 시각보다 조금 늦게 메리가 왔다.

"쏘리! 료마, 늦어서 미안해……."

"아니, 괜찮아. 신경 쓰지 마."

지각을 지적하는 속 좁은 짓은 하지 않는다.

그런 건 아무래도 상관없다.

"그래서, 생각은 정리된 거야? 내 고백에 대답해주려고?"

"응. 똑바로 말할게……. 내 마음 잘 들어줘."

사실은 당장에라도 대답을 듣고 싶었다.

하지만 싱겁게 끝내는 건 아쉽다는 듯 메리는 지금까지 있었던 일들을 돌아보기 시작했다.

"처음은 우연히 만났지. 아침에 내가 펫과 산책할 때."

'……뭐, 상관없나. 가만히 들어주는 것도 내 역할이고.'

사실은 이런 실없는 이야기에 시간을 할애하고 싶지 않았지만.

모처럼 애인이 되는 순간이다.

메리에게도 좋은 기억이 되길 바라며 나는 그녀에게 맞춰주기로 했다.

"그래. 그때는 잠이 안 와서 기분을 전환할 겸 밤을 산책하다가…… 갑자기 개가 차도로 뛰어들어서, 그걸 쫓아온 메리가 치일 뻔했지."

그리고 내가 그녀의 목숨을 구했다.

그게 첫 만남이었다.

"이건 운명일까?! 하고…… 처음 만났을 때부터 두근두근했어. 료마는 그때부터 계속 멋지더라!"

"하핫. 뭐, 칭찬해주니 기분이 좋네."

이렇게 칭찬해주는 건 순수하게 기쁘다.

목소리가 작거나, 태도만으로 보이거나, 그런 알아보기 힘든 방법이 아니라 솔직하게 감정을 표현해주니까 고마웠다.

유즈키나 키라리, 그리고 아즈사도 그랬지만…… 그 녀석들은 알아보기 어렵다.

나를 좋아하는 건지 싫어하는 건지도 잘 알 수 없다.

그래서 단순한 메리와 같이 있는 게 고민하지 않아도 돼서 더 편했다.

"그리고 료마 집에서 파티도 하고, 같이 데이트도 했었지! 문화제에서 잃어버린 걸 찾아주기도 하고, 계단에서 떨어질 뻔한 걸 구해주기도 하고…… 아, 그러고 보면 잔소리도 들었어! 내가 키라리로 나쁜 농담을 했더니 료마가 화냈던……."

"남을 나쁘게 말하는 건 메리에겐 안 어울리니까."

"조크로 한 말이었지만. 부모님에게도 혼난 적이 없으니까 놀랐어…… 그래도 기뻤어! 나쁜 걸 하면 나쁘다고 말해줘서 공부가 되었으니까!"

"……그런 실수는 누구나 하는 거잖아. 어쩔 수 없지."

"HAHAHA! 그렇게 매일 아주 즐거웠어!"

"그래, 나도……. 매일 메리 덕분에 정말 즐거웠어."

서로 같은 마음이다.

이쯤 되면 뭐, 고백의 답은…… 듣지 않아도 알 수 있다.

메리는 여전히 알기 쉬운 여자애였다.

"그래서…… 료마가 고백해서 기뻤어."

……간신히.

마침내 이때가 왔다.

드디어 숙박 합숙 이후 계속 마음을 덮고 있던 답답함을 날려버릴 수 있다……!

"나는 료마가——."

메리가 마음을 입에 담으려고 한다.

그 순간이었다.

『철컥.』

문이 열리는 소리가 들렸다.

입구로 시선을 던지자 그곳에는 놀랍게도 그 녀석이 있었다.

'나카야마잖아! 타이밍이 뭐 이래……!'

내 맞은편, 메리에게는 등 뒤에 나카야마가 나타났다.

"어? 어, 그……."

그 녀석도 우리를 보고 놀란 얼굴이었다.

눈이 휘둥그레져선 들고 있던 의상을 떨어트릴 뻔했다.

……그래, 이 빈 교실은 비품 창고로도 쓰고 있었지. 정리는 내일 하기로 했지만 고지식한 저 녀석은 미리 의상을 돌려놓으려고 한 모양이다.

'메리를 막고 쫓아낼까? 아니…… 상관 없나.'

솔직히 나카야마의 존재는 방해되지만.

그래도 보여주는 것도 나쁘지 않다는 생각에 아무 말도 하지 않기로 했다.

'잘 보라고, 나카야마. 내가 최고의 여자에게 고백받는 순간을……!'

그리고 똑똑히 인식해라.

'류자키 료마는 나카야마 코타로보다 열등하지 않다는 걸 이해하라고.'

우연히 시호의 눈에 들었다고 해서 건방 떨지 마.

그게 네가 뛰어난 인간이라고 증명해주진 않으니까.

'이 열등감에서도…… 드디어 해방이야!!'

시호를 빼앗긴 그때부터 나는 계속 나카야마에게 콤플렉스를 느꼈다. 그게 몹시 거슬렸다.

그러니까 메리…… 빨리 끝내버리자.

'빨리 나를 좋아한다고 말해서 편하게 해줘.'

그 바람과 동시에.

"——하지만 나에게 료마는 그냥 평범해!"

고백의 대답이 흘러나왔다.

하지만…… 순간 무슨 말을 하는 건지 이해하지 못했다.

"펴, 평범? 평범하다니, 뭐가?"

"평범하게 좋아하지만 그렇다고 애인이 되고 싶은 건 아니야——라는 뜻!"

순수한 표정으로.

평소처럼.

끝없이 밝은 미소를 지으며 내 고백을…… 거절했다.

이해할 수 없었다.

"어, 어째서? 너는 날 좋아한다고…… 그랬었잖아."

"OH…… 실망한 거야? 미안해, 료마. 나는 료마를 좋아하지만…… 사실은 더 좋아하는 사람 생겼어!"

따로 좋아하는 사람이 있다.

그 말을 들은 순간 심장이 크게 뛰었다.

'——설마.'

불길한 예감이 든다.

퍼뜩 고개를 들었다가 그러고 보면 이 녀석도 이 자리에 있었다는 걸 떠올렸다.

"나카야마……?"

무의식중에 그 이름을 중얼거리자 그 녀석이 포기한 듯 입을 열었다.

"미안해. 훔쳐 들으려던 건 아닌데."

"앗! 코타로, 있었으면 말해야지!"

그리고 메리가 나카야마의 존재를 깨달은 것과 동시에…… 그녀는 나에게 등을 돌리고 그 녀석에게 달려갔다.

그 광경을 보고 이해했다.

"메리…… 네가 좋아한다는 사람, 설마——?"

거짓말이라고 믿고 싶었다. 착각이길 바랐다.

"예스♪ 나 코타로가 좋아!"

하지만 기도는 닿지 않았다.

그 말에, 나는…… 눈앞이 캄캄해졌다.

이걸로 두 번째다. 내가 좋아하는 사람이 나카야마를 좋아하게 된 게.

더는 도망칠 수도 변명할 수도 없다.

'나는…… 나카야마보다 못한, 인간이란 건가.'

졌다. 나는 또다시 패배했다.

그건 즉, 류자키 료마가 나카야마 코타로보다 열등하다는 증명이었다.

"어? 메리 씨, 날 좋아하는 거야? 난감하네……. 나는 딱히 그런 대상으로 보지 않았는데…… 이런."

심지어 나카야마가 쓸데없는 소리를 하기 시작하는 바람에 이번에는 분노로 이성을 잃을 뻔했다.

'난감하다고? 너는 자기 분수도 모르고……!'

내가 사귀고 싶었던 여자가 좋아한다고 해도 딱히 기뻐 보이지 않는다.

오히려 불편하다는 듯, 난처하다는 듯한 얼굴로 어깨를 으쓱하는 그 모습을 용서할 수 없었다.

"이 자식⋯⋯!"

분노로 이성을 잃고 나도 모르게 나카야마의 멱살을 잡았다.

그대로 주먹을 날리기 위해 팔을 들어 올렸다.

하지만 그 직전에 나온 한마디가 나를 제지했다.

"때려서 개운해진다면 때려."

나카야마는 나를 내려다보듯이 비웃었다.

"하지만 비참해지는 건 너야."

그때와 마찬가지로⋯⋯ 시호에게 차였을 때와 완전히 같은 눈으로 나를 보고 있었다.

"류자키, 너는 변하질 않는구나. 그때처럼 자기밖에 사랑하지 않아. 메리 씨는 그런 부분을 꿰뚫어 본 거야."

──닥쳐.

──시끄러워.

──내가 나를 사랑하는 게 뭐가 나쁜데?!

그렇게 말하고 싶었지만 아무 말도 하지 못했다.

왜냐하면 나는 패배자니까.

이제 와서 무슨 말을 하든⋯⋯ 전부 패배자의 변명으로밖에 들리지 않으니까.

"젠장."

그렇게 욕을 뱉는 게 최선이었다.

나카야마의 멱살에서 거칠게 손을 뗀 뒤 그대로 빈 교실을 나섰다.

그 녀석들을 제대로 볼 수가 없었다.

'아랫놈이라고 생각했었는데.'

1학기 때는 이름조차 기억하지 못하는 '엑스트라'였다.

하지만 어느새 입장이 역전되어…… 이제 와선 완전히, 내가 '엑스트라' 같았다――.

◇

마침내 기다리던 순간이 찾아왔다.

"젠장."

료마가 미련처럼 욕설을 뱉고 도망치듯 교실에서 나갔다.

그 모습이 너무나 비참해서 최고였다.

이걸 보고 싶었다. 이걸 상상했다.

내 시나리오가 완성되어가고 있다는 걸 강하게 실감할 수 있는 장면이었다.

"――쌤통이다."

비통한 료마를 향해 작은 목소리로 그 대사를 뱉었다.

그리고 기다렸다.

최고의 스토리를 본 뒤에 찾아오는, 그 기분 좋은 '카타르시스'를.

현실의 울분을 전부 날려버릴 듯한 통쾌함이 곧 밀려들

거라며 기대했다.

하지만…… 무언가가 이상했다.

"어라?"

아무리 기다려도 카타르시스가 오지 않는다.

오히려 스멀스멀 치밀어오르는 건…… 뒷맛 나쁜 이야기를 읽은 뒤에 느끼는 듯한 '답답함'이었다.

충동적으로 누군가에게 이 부족함을 이해해달라고 외치고 싶은 듯한.

리뷰 사이트나 SNS에서 불만을 쏟아놓고 싶은 듯한, 그런 찜찜함에 나는 무심코 얼굴을 찌푸리고 말았다.

"왜, 이런……!"

이 순간을 고대하고 있었는데.

스토리는 최고의 클라이맥스를 맞았는데……!

'어째서 나는 '쌤통이다'라고 했는데 속이 시원하지 않지?'

계산이 어긋났다.

정답을 내놓았는데도 답이 틀려서, 풀이 과정 어딘가에 있는 실수를 찾아내지 못하는 듯한…… 그런 막막함이 가슴의 답답함을 한층 짙게 만들었다.

'어디지? 뭘 틀렸지? 뭐가 부족하지? 뭐가 이상하지?'

찾는다. 머릿속으로 구석구석.

하지만 아무리 기억을 헤집어도…… 그의 얼굴밖에 떠오르지 않았다.

'나는 왜 료마의 얼굴을 떠올리는 거지?'

나에게 고백을 거절당한 순간에 지은 그 괴로워 보이는 표정이 계속 뇌리에 달라붙어있다.

그게 내 카타르시스를 방해했다.

"자, 이걸로 메리 씨의 스토리는 클라이맥스를 거쳤는데…… 상당히 신기한 표정을 짓고 있는 것 같은데? 이건 네가 만든 이야기면서 설마 지루했던 건 아니지? 그런데 왜 안 웃는 거야?"

시끄러워.

닥쳐.

그렇게 말하지도 못한 채…… 대신 나는 바닥에 털썩 주저앉고 말았다.

왜──.

"'왜 이렇게 괴로운 거지?'"

내 서술을 엑스트라가 가로챈다.

전에 내가 했던 걸 갚아주듯이.

주저앉은 나를 내려다보며 그는 조롱하듯이──웃었다.

"아하……, 아하하…… 아하하하하하!!"

진심으로 즐겁다는 듯이.

본래대로라면 저 조소는 내가 지어야 하는 건데.

웃지 마. 나를 내려다보지 마.

엑스트라 주제에 창작자를 우습게 보지 마!

"코타로, 무슨 말을 하고 싶은 거야?"

물었다. 간결하게 대답하라고 강하게 독촉했다.

그러자 그는 간신히 가르쳐주었다.

"상처받았잖아? 괴롭잖아? 너는 류자키의 고백을 거절해서, 그 녀석에게 상처를 줘서…… 충격받았지?"

"그, 그렇지, 않아."

"아니, 그게 맞아. 눈치채지 못했다면 가르쳐줄게…… 너는 무의식중에 류자키를 '사랑'하게 된 거야."

아니야!

나는 료마를 사랑하지 않아!

……하지만 그렇게 단언하기에는 가슴이 너무 아팠다.

"뭐가 창작자냐. 결국 너는 류자키 료마라는 주인공에게 매료당했어. 그 녀석의 강제력에 굴복했어. '별다른 특징도 없는데 여자애들이 좋아한다'는 속성에 예속되었어. 그런 몰골로 창조주는 무슨……. 아메리칸 조크인가? 그런 거라면 재미있네. 아주 웃겨."

마치 코타로의 말이 진실인 것처럼.

정곡을 찔려서 료마를 좋아한다고 자각한 것처럼.

"미라를 도굴하러 간 도굴꾼이 미라가 되었다는 게 이런 거겠지. 너는 메인 히로인을 연기할 생각이었지만 그러면서 안정감을 느꼈지? 그 탓에 '히로인이어도 괜찮을지도 모른다'고 생각했고, 이윽고 류자키를 사랑하는 마음도 가

짜에서 진짜로 바뀐 거야."

동요하고, 당황하고, 그리고…… 가슴이 꽉 조여드는 아픔을 느끼며 나는 그의 말을 그저 들을 수밖에 없었다.

"너는 다른 서브 히로인과 마찬가지로 류자키 료마를 좋아하게 되었어. 그건…… 메리 파커라는 전학생은 '창작자'가 아니라 그냥 '추가 히로인'이었다는 걸 의미하지. 네가 우습게 보던 키라리나 아즈사와 동급이야. 아니, 동급조차 못되나……. 그 애들은 한 번 좌절했지만, 다시 일어나서 지금은 자신의 이야기를 만들어 내려 하고 있어. 그런 의미로는 두 사람이 훨씬 더 '창작자'다워."

창조주가 아니라 그냥 등장인물이었다.

그래서 류자키 료마의 독…… 소위 '가만히 있어도 여자에게 사랑받는다'는 주인공 속성에 저항하지 못하고 매료되었다.

그를 좋아하게 되는 바람에 그가 불행해지는 엔딩을 즐기지 못하게 되었다──그런 뜻인 걸까.

"즉 너는 처음부터 스토리를 지배했던 게 아니야. 지배하는 것처럼 보였지만 처음부터 메리라는 캐릭터의 역할은 정해져 있었지. '창작자를 자칭하는 광대'로서 스토리에 변화를 주고, 류자키의 러브 코미디를 매너리즘에서 탈피시킨다……. 너는 그저 그러기 위한 '무대 장치용 서브 히로인'이었던 거야."

그 말에 필사적으로 반론할 말을 찾았다.

하지만 나는 머리가 아주 좋다.

그래서 감정이 아닌 논리로 만사를 생각하는 습관이 있다.

그 탓에…… 생각할수록 '코타로의 말이 맞다'고 수긍해 버리는 바람에 결국 아무 말도 할 수 없게 되었다.

"…………."

이렇게 내 스토리는 망가졌다.

아니, 애초에 처음부터 존재하지도 않았나.

"전부 다 네 뜻대로 될 줄 알았어?"

그렇게 단언한 뒤 코타로는 씩 웃었다.

"그럼 슬슬 들려주지 않을래? ……가지고 놀던 인간에게 비웃음당하는 기분을 빨리 말해줘. 그 후회를, 아쉬움을, 미련을 실컷 부딪치라고! ……그렇지 않으면 말할 수 없잖아?"

심술궂게, 야유하는 표정으로, 우습게 보듯이 그는 이렇게 말했다.

"──쌤통이다, 라고."

항상 내가 입에 담던 그 말에 내 마음에 속이 뒤집어진 듯한 비틀린 감상이 퍼졌다.

젠장. 실패했어. 전부 다 끝장이야.

앞으로 나는 스토리를 만들 수도 없고 즐길 수도 없다. 그동안 느끼던 전능감을 잃고 그저 서브 히로인으로서 여생을 보낼 것이다.

계속 료마를 짝사랑하면서, 이뤄지지 않는 마음에 가슴을 쥐어뜯으면서 비참하고 처절하게, 스토리로 만들 가치조차 없는 사랑을 하게 된다.

"……윽."

내 미래에 빛이 없다는 걸 알자 고개를 떨굴 수밖에 없었다.

"앞으로는 얌전히 지내라고. 더 비참해지지 않으려면."

그런 나를 보며 만족한 건지.

코타로의 표정에서 순식간에 색이 사라졌다.

무기질적이고 아무런 감정도 섞이지 않은 목소리로, 그는 이렇게 말했다.

"나는 네 스토리의 캐릭터가 아니야……. 시호만의 주인공이라고. 네 시시한 통쾌함을 위해 하렘 주인공이 되진 않을 거야."

……그 말에 퍼뜩 깨달았다.

마치 준비해놓았던 것 같은 말들이 아주 마음에 걸렸다.

'그러고 보면…… 코타로는 어째서 이렇게 눈치가 빠른 거지?'

그 의문을 계기로 잇달아 의문점이 치솟았다.

어째서 코타로는 이렇게 말이 술술 나오지?

어째서 코타로는 공격적인 말만 입에 담고 있지?

어째서 코타로는 내가 료마를 좋아하게 되었다는 걸 눈치챘지?

아니, 애초에.

'료마를 좋아하게 된다는——그런 실수를 내가 왜 저질렀지?'

내 입으로 말하기도 좀 그렇지만, 나는 천재다.

확실히 자만에 빠져있었다는 건 부정하지 못한다.

하지만 멍청하지 않으니까…… 료마와 너무 친해지지 않도록 조심하지 않았을 리가 없다.

'……그때야. 그때부터 나와 료마의 거리가 아주 가까워졌어.'

깨달음이 연쇄를 낳는다.

'시호와 코타로의 데이트와 마주쳤을 때…… 아니, 엄밀하게 말하자면 그 후에 코타로가 걸리는 게 있다고 한 뒤부터야.'

『류자키는 아직 시호를 좋아하는 건 아닐까?』

『그러니까 류자키가 메리 씨를 더 좋아하게 만드는 게 나은 것 같아.』

그런 대화 후 나는 료마에게 과하게 접근하기로 했다.

그 후로 스킨십과 대화 수를 늘린 게 이렇게 된 계기였던 것 같다.

문화제 연습 때 둘만 남았다.

'배우들만 모여서 연습할 때 코타로가 일부러 자리를 피했어.'

도둑맞은 걸 료마가 발견해주었다.

'코타로가 훔쳐서 료마가 발견하기 쉬운 위치에 숨겨주었어.'

계단에서 떨어질 뻔한 걸 구해주었다.

'코타로가 료마가 구해줄 수 있는 장소에 있는 걸 계산하고, 만에 하나 다치지 않도록 지켜봤어.'

키라리를 험담했다가 료마에게 혼났다.

'이것도 코타로가 부추겨서 실행한 작전이야.'

점과 점이 이어져서 선이 된다.

그런 갖가지 이벤트를 거쳐 나는 료마를 좋아하게 되었다.

'어쩌면 나는――코타로의 함정에 빠진 건가?'

퍼즐 조각이 딱 들어맞았고…… 이윽고 하나의 형태를 완성했다.

코타로가 내 마음을 가지고 놀았다.

엑스트라인 척, 협력자라고 위장하고, 내 계획을 전부 파악한 뒤…… 배신하고, 부추겨서 나를 창작자가 아니라 캐릭터로 전락시켰다.

"――당했다는 건가."

깨달아봤자 이미 늦었지만.

하다못해 한방 먹이는 것 정도는 할 수 있겠지?

이런 건 적반하장이다. 의미 없는 행동이고, 나에게는 아주 유치하고 어리석은 선택일지도 모른다.

하지만 코타로…… 너만 행복한 건, 그런 건 용서할 수 없어.

그러니까 너도 나와 마찬가지로 '불행'해지자고——.

이렇게 추가 히로인의 창작자 놀이가 끝났다.

엑스트라인 내가 해피 엔딩을 만들기 위해 깐 복선을 이용해서 철저하게 쓰러트렸다. 이렇게까지 했으니 기어 올라오지도 못할 것이다.

주인공은 실연하고, 진정한 흑막은 제 발에 걸려 넘어진 상황인가……. 나 원, 정말 엉망진창 러브 코미디다.

메리 파커가 만든 스토리는 처참한 망작이었다.

시시한 복수극 같은 걸 만들려고 하니까 이렇게 되는 거다.

"…………."

말없이 바닥에 주저앉아 절망에 짓눌려 그저 고개를 숙이고 있는 그녀를 보고 있으니 왠지 안쓰러웠다.

표정은 보이지 않는다. 하지만 웅크린 그 모습이…… 실연했을 때의 아즈사와 키라리와 겹쳐 보여서 그만 시선을 돌리고 말았다.

그대로 빈 교실에서 나가려고 했다.

하지만 메리 씨가 불쑥 말을 걸어 내 발을 멈춰 세웠다.

"──기다려."

"……이 이상 할 말은 없는데?"

"그래, 그렇겠지. 코타로에게도 나에게도 더는 역할이

없어. 스토리는 끝났으니까…… 상상을 초월하는 '망작'이란 결말로."

"그게 왜?"

메리 씨가 나에게 무슨 말을 하고 싶은 건지 알 수 없었다.

"그렇게 난감해하지 말고……. 나도 알아. 이건 스토리와는 상관없는 '사족'이야. 제목을 붙이자면, 그래…… 대충 '창작자라고 착각하던 서브 히로인의 앙심' 정도?"

메리 씨가 고개를 들었다.

그 얼굴에는 으스스한 냉소가 번져 있었다.

평소의 미소가 아니다. 자신만만한 미소도 아니고, 교활한 미소도 아니다.

마치 배수진을 치고 자폭하는 마음이 된 인간의 모든 걸 포기한 미소였다.

"내 망작은 등장인물이 다들 불행해져서 막을 내렸잖아. 하지만 딱 한 명, 행복한 인간이 있거든."

키라리는 실연했다.

류자키는 차였다.

메리 씨는 실패했다.

하지만 딱 한 명, 상관없다고 생각하는 인간이 있다.

그 인물은 당연히…… 나, 나카야마 코타로다.

"무슨 소리야, 농담이지?"

불길한 예감이 들었다.

그대로 등을 돌리고 이 장소에서 도망치고 싶은 충동에
사로잡혔다.

하지만 메리 씨가 이쪽을 응시하고 있기 때문인지 움직
일 수 없었다.

이건 좀, 큰일인데.

"그만 좀 해……. 너는 졌잖아. 패배자답게 얌전히 퇴장
하라고."

"아니. 이게 마지막 명장면이거든."

그렇게 말하며 메리 씨는 불쑥 일어선…… 줄 알았더니,
다음 순간에는 내 눈앞에 있었다.

마치 개구리를 잡아먹을 때의 뱀처럼 민첩하게, 기척도
없이 나에게 다가온 그녀는 그대로 나를 밀어트려 바닥에
쓰러트렸다.

"윽?!"

당연히 저항은 했다.

메리 씨는 내 손을 내리눌러 움직임을 봉쇄하려고 했다.
힘을 줘서 뿌리치려고 발버둥 쳤지만…… 그녀의 힘은 여
성이라는 게 믿기지 않을 만큼 강했다.

"몰랐어? 나는 뭐든 할 줄 아는 설정의 캐릭터라고…….
운동 능력도 특출나지. 평균적인 능력치밖에 없는 네가 이
길 수 있을 리 없잖아?"

"젠장. 놔! 건드리지 마……!"

"못 도망가. 나는 말이지, 코타로를 용서할 수 없거든."

어떻게 할 수가 없었다.

소위 마운트 포지션을 잡힌 상태라서 팔을 움직여도, 다리를 움직여도, 목을 움직여도 메리 씨를 뿌리칠 수 없게 되었으니까.

"잘도…… 잘도 함정에 빠트렸겠다? 내가 료마를 좋아하도록 꾸몄지? 이야, 훌륭한 솜씨였어. 완전히 당했다니까…… 대단해. 이것만큼은 칭찬할 수밖에 없겠네."

……눈치챘나.

내 꿍꿍이를 전부 끝난 뒤에나마 알아차린 모양이었다.

"경계했었는데 말이야. 시호의 평온을 두고 협박하면 너는 뭐든 시키는 대로 할 거라고 우습게 봤는데. 하지만 너는 나를 믿지 않았어……. 내가 시키는 대로 해도 하렘 주인공이 되면 결국 시호가 상처받을지도 모른다, 뭐 그런 생각을 했던 거겠지."

변함없이 두뇌 회전이 빠르다.

그 예리함이 계속 무서웠다.

메리 씨는 너무 위험하다.

그래서 앞으로 우리와 엮이지 못할 정도로 처절하게 실패하길 바랐다.

절망해서 그대로 무대에서 퇴장하도록 계략을 꾸몄다.

엑스트라인 내가 망설이느라 하지 못한 걸, 악역으로

서 철저히 수행해주겠다고…… 그렇게 생각하면서 움직였는데.

"졌어. 나는 네 의도대로 패배했어. 앞으로 내가 지금보다 더 활약하는 일은 없을 테지. 그렇다면 여기서 신나게 폭주하는 것도 나쁘지 않아. 이게 나…… 메리 파커의 마지막 명장면이니까——!"

그녀는 망가진 것처럼 웃었다.

더는 아무래도 상관없는 거겠지. 자존심이 꺾이고, 입지는 사라지고, 앞날도 캄캄하다.

마치 '무적'이다.

지금의 메리 씨는 무서운 게 아무것도 없다. 그래서 뭐든 할 수 있는 상태다.

"코타로도 같이 불행해지자. 다들 불행해지면 그게 평범한 게 돼. 나도, 료마도, 키라리도 평등해져. 그러니까 불행하게 만들어줄게……. 코타로도 땅으로 추락하라고!!"

식은땀이 흘렀다.

시커먼 원한이 쏟아지자 등이 얼어붙었다.

'명백하게 지나쳤어.'

철저하게 몰아세우는 게 정답이라고 생각했다.

하지만, 어쩌면…… 엑스트라인 내가 정답이었던 건지도 모른다.

『류자키와 메리 씨가 애인이 되어서 해피 엔딩.』

그런 미적지근한 결말로는 의미가 없다고 생각했다.

하지만 엑스트라인 나는…… 이렇게 되는 게 무서워서 일부러 무난한 해결법을 선택한 건지도 모른다.

"으음, 잘 생각해 보면…… 시호의 평온을 빼앗는 게 반드시 코타로의 불행이라고 할 수 없지. 오히려 시호의 고난을 코타로가 구해주는 스토리가 만들어질 가능성도 있어."

악역답게, 나는 지금부터…… 배드 엔딩을 맞게 되는 걸까.

"코타로가 가장 상처받기 위해 내가 할 일——그래, 예를 들어…… 시호보다 먼저 나와 키스하는 건 어때? 니히히, 이거 나쁘지 않은데. 시호에게 의리를 굳게 지키던 너니까. 첫 키스가 시호가 아닌 나라는 사실은 평생 네 마음에 남을 테지."

그저 메리 씨를 올려다볼 수밖에 없다.

저항하고 싶은 의지가 없는 건 아니다.

하지만 물리적인 힘, 그리고…… 스토리적인 강제력을 느끼고선 어떻게 할 수 없다며, 마음속 어딘가에서 포기해 버린 내가 있었다.

'시호가 막았는데, 안이하게 나를 전환하니까 이렇게 된 거야……!'

계속 침묵하던 엑스트라인 내가 마음속에서 소리쳤다.

'나는 네게 맡기면 안 되는 거였어.'

그러게.

이제 와서는 늦었지만…… 나는, 나로서 제대로 메리 씨와 마주 봐야 했다.

키라리에게 잘난 체하며 설교한 주제에 내가 똑같은 실패를 해버리다니, 정말 나란 녀석은 구제불능이구나.

'그렇게 부정해도 무의미해.'

알아.

하지만 그런 건 아무래도 상관없잖아.

아무것도 하지 못하는 게 분하다면 교대하자고.

악역 스위치를 끄고 밖으로 나와.

그러지 못한다는 건, 너도 너를 부정한다는 증거야.

뭐가 '시호가 멋있다고 생각하는 나카야마 코타로가 되겠어'냐.

너는 정말로 한심해.

나는 정말로 못난 놈이야.

"좋은데……. 앞으로 시호와 키스할 때마다, 스킨십할 때마다 코타로는 나를 떠올리겠지. 시호를 배신한 죄책감으로 괴로워하겠지. 마음속 깊은 곳에서 시호를 사랑할 수 없고! 배신한 자신을 용서할 수 없어서 다시 자신을 부정하는 불쌍한 엑스트라로 추락할 거야——!"

……이젠 틀렸다.

부정하는 감정이 마음을 지배한다.

마치 입학식 직후의 나처럼.

나를 부정하고, 거절하고, 어차피 아무것도 하지 못한다고——무기력에 빠졌다.

……그러고 보면 나는 언제부터 '엑스트라' 스위치를 눌렀던 거지.

이젠 떠올리지도 못할 만큼 예전에 나를 그렇게 정의했던 걸 떠올렸다.

'시호, 미안해.'

그 마음의 소리는 엑스트라인 나인 건지.

아니면 지금의 나인 건지.

아니, 둘 모두의 마음이겠지.

마지막으로 시호에게 사과했다. 그때는 이미 메리 씨의 얼굴이 뺨에 닿을 정도로 가까워져 있었다.

"——쌤통이다."

메리 씨가 웃었다.

아니, 비웃었다.

조금 전의 나와 같은 미소를 짓고 있었다.

"코타로도 나와 같아. 불쌍하고 비참한 캐릭터로서 후회로 가득한 인생을 살자고……. 시호에게 버림받으면 나한테 와. 둘이서 상처를 위로하며 살아가는 것도 나쁘지 않잖아? 평생 채워지지 않는 공허함에 가슴을 쥐어뜯으면서 서로를 원망하며, 텅 빈 사랑을 영원히 갈구하자고…….

그게 내 복수야."

……이건 벌이다.

남을 비웃은 인과응보다.

역시 나는 그 애가 없으면 무능한 인간이다.

'내 러브 코미디도…… 여기까지인가.'

이 키스를 시호가 용서해준다고 해도…… 결국 내 마음이 나를 용서하지 못하게 될 것이다.

후회에 짓눌려서 시호의 사랑을 온전히 받아내지 못하게 될지도 모른다.

그렇게 메리 씨가 할퀴고 간 손톱자국에 앞으로도 계속 괴로워하는 것이다.

시호…… 미안해.

너를 행복하게 해주지 못할지도 몰라──.

"──멈춰."

……여느 때였다면 여기서 스토리가 한 번 갈무리될 타이밍이었다.

하지만 그런 전개를 그녀가 원할 리 없었다.

투명한 목소리가 울린다.

차가운 바람이 정체된 공기를 가로질렀다.

"왜 내가 그걸 허가할 거라고 생각했어?"

한순간에 그 자리에 얼어붙었다.

나도, 메리 씨도 움직이지 못했다.

목소리조차 내지 못하고, 그저 그녀의 말에 귀를 기울였다.

"그러면 안 돼. 내 귀여운 주인공을 건드리지 말아 줄래?"

퍼뜩 고개를 들었다.

메리 씨의 입술을 피하듯이 얼굴을 틀어 빈 교실의 입구를 보았다.

그곳에는 역시 그녀가 있었다.

"코타로, 이제 괜찮아. 내가 구해줄 테니까."

시모츠키 시호가 조용히 서 있다.

맑은 목소리에 나도 모르게 눈물이 날 것 같았다.

그래……. 이 애는 항상 이렇지.

힘들 때, 괴로울 때, 막막할 때…… 내 곁에 있어준다.

그리고 항상 나를 구해준다.

"——비켜. 코타로에게서 떨어져."

시호치고는 강한 어조로 쏘아붙였다.

그 말을 들은 메리 씨는 바로 일어났다.

마치 프로그래밍된 로봇처럼 시호의 명령을 들었다.

"……?!"

한 박자 늦게 메리 씨는 혼란스러운 듯 자신의 손을 쳐다보았다.

무의식중에 시호의 명령을 따른 듯했다. 이제 와서 자신이 순순히 움직인 사실에 놀란 모양이었다.

"코타로, 이리 와. 계속 쓰러져 있으면 걱정되잖아."

이어서 시호는 나에게 말을 건넸다.

그 순간 생각하기 전에 몸이 움직였다.

몸을 일으켜 그녀에게 걸어간다.

그런 나를 보며 시호는 작게 숨을 내쉬었다.

"정말이지, 너도 참 기가 막힌다니까. 그런 점도 귀엽지만…… 전에도 말했잖아? 소리를 바꾸지 말라고."

아무래도 시호에겐 내 변화가 들린 모양이었다.

"코타로, 돌아와."

──딸깍.

한 마디. 고작 그 한마디에 아무리 발버둥쳐도 눌리지 않았던 스위치가 강제로 꺼졌다.

그 순간 악역이었던 '나카야마 코타로'가 사라졌다.

"……시호, 미안해."

"너에게 할 잔소리는 나중에 할게. 우선 내 뒤에 있어."

원래의 나로 돌아와도 그녀의 표정은 여전했다.

그런 그녀를 보고 있었더니 처음 만났을 때의 '시모츠키'가 떠올랐다.

시호를 잘 모르던 시절……. 그러고 보면 그녀의 이미지는 이런 느낌이었다.

차가운 무표정으로 이번에는 메리 씨에게 시선을 던졌다.

"숙박 합숙 때는 코타로가 나를 지켜줬지만…… 이번에는 내 차례야. 괜찮아, 저 사람에게서 지켜줄게."

"그거 굉장히 자신감 넘치는 발언이네."

메리 씨도 시간이 조금 지난 덕분에 진정한 모양이다.

이번에는 시호를 향해 제대로 반박할 수 있었다.

"이렇게 대화하는 건 쇼핑몰에서 만난 뒤로 처음인가? 그때는 토끼처럼 벌벌 떨고 있었는데, 오늘은 컨디션이 아주 좋은가 봐."

도발하듯, 무시하듯, 신경을 뒤집어놓듯.

원래대로 돌아와 말을 건네는 메리 씨였지만, 그래도 시호는 무표정을 유지했다.

"가능하다면 대화하고 싶지 않았어. 네 소리는 아주 뒤틀려있으니까."

낯을 가리고, 타인을 어려워하고, 겁쟁이던 소녀.

하지만 지금은 그런 기색을 일절 보이지 않고 당당하게 메리 씨에게 맞서고 있다.

"오! 그러고 보면 시호는 귀가 잘 들렸지. 그럼 나는 어떤 소리가 나는지 물어볼까?"

"……잔가지를 꺾는 소리. 뚜둑, 뚜둑, 살아있는 나무를 엉망으로 망가트리는 것 같은…… 아프고 괴로운 소리야."

"괴롭다고? 가지가 부러지는 소리는 듣기 좋지 않아?"

"——과연 정말로 그럴까."

히죽히죽 웃는 메리 씨를 향해 시호가 날카로운 말을 던졌다.

고작 그것만으로도 메리 씨의 얼굴에서 미소가 사라졌다.

"나, 나는, 그렇게 생각하는데?"

갑자기 더듬거리면서 당황한 듯 주춤거렸다.

시호가 등장한 뒤로 계속 메리 씨답지 않은 언동이 이어지고 있다.

무언가가 이상했다.

"역시 너는 허가할 수 없어."

"허, 허가라니, 무슨 소리야?"

"메리 씨, 였던가? 네가 코타로를 건드려도 된다고 허가할 수 없다는 거야……. 네가 같이 있으면 코타로의 맑은 소리가 더럽혀지거든. 그러니까 안 돼."

시호도 평소 같지 않았다.

그녀답지 않은, 온도가 없는 말에는 형언할 수 없는 '강제력'이 깃들어 있는 것 같은 느낌이 들었다.

그 탓에 메리 씨는 조금 전부터 계속 쩔쩔매는 건지도 모른다.

"아즈냥은 특별히 허락해줬어. 장래엔 내 동생이 될 아이니까 당연하지. 게다가 아즈냥이 행복하지 않으면 코타로도 행복해지지 못하니까, 특별히 받아들이게 해줬지만,

너는 인정 못 해."

"이, 인정 못 한다니……. 네게 무슨 권한이 있다는 거야?"

"권한 같은 건 없어. 그냥 인정할 수 없다──그렇게 말하는 것뿐이야."

담담하게 말이 이어진다.

고작 그뿐인데, 이 '위압감'은 뭐지?

"메리 씨? 그렇게 오염된 감정으로 코타로에게 접근하지 마. 만약 코타로와 대화하고 싶다면 더 깨끗하고 순수한 감정이어야 해."

"──윽."

메리 씨는 시호의 말을 부정할 수 없다.

아니, 아까부터 거듭 거절하려고 하지만 거절이 허락되지 않는 것처럼 보였다.

시호의 '강제력'이 그녀를 지배하고 있는 것이다.

"그, 그렇게 나에게 대들어도 괜찮겠어? 시호는 모를 테지만 나는 의외로 뭐든 할 줄 알거든? 예를 들어…… 돈의힘을 써서 네 가족을 무너트릴 수도 있어."

그래도 메리 씨는 어떻게든 저항하려 했다.

익숙한 협박으로 시호를 봉쇄하려고 시도했지만.

"할 수 있다면 해 봐."

시호는 메리 씨의 저항을 가볍게 흘려넘겼다.

"하지만 내 소중한 사람에게 손을 대면…… 너를 절대

용서하지 않아."

"……용서하지 않는다고? 구체적으로 나에게 무언가 갚아줄 수단이 있는 거야?"

"딱히 그런 건 없어. 아무튼 용서하지 않겠다──그냥 그뿐이야."

"그, 그런 근거 없는 말로…… 나를 제약할 수 있을 리, 없잖아."

이를 악물어도 그녀는 움직이지 못한다.

그 모습은 숙박 합숙 때…… 내가 무대에 가지 못했던 상태와 비슷해 보였다.

어쩌면 이건──스토리에 의한 예속인가?

아니, 그럴 리가……. 하지만 역시 그렇게 보인다.

그 자유롭고 아무도 속박할 수 없는 메리 씨가 시호에게만 순종적으로 나온다니…… 그런 건 논리적으로 생각할 수 없었다.

"……그래. 이건 그런 거였어."

왜 시호의 말에 그런 힘이 담겨있는 건지.

그 이유는 단순하다.

"이게 메인 히로인의 '격'이구나……?"

메리 씨의 말에 지금까지 있었던 현상 전부에 이유가 붙었다.

여기에 있는 그녀는 내 옆에 있을 때처럼 친근한 평소의

'시호'가 아니다.

건드리는 것조차 망설이게 되는 '절벽 위의 꽃'으로 보던 과거의 '시모츠키'에 가까운 상태다.

즉 지금의 시모츠키 시호는 메인 히로인으로서 이 자리에 서 있다.

분명 메리 씨도 그런 식으로 느낀 거겠지.

나처럼 부감 시야를 지녔기 때문에…… 아니, 시모츠키 시호의 히로인 속성이 '보이고' 말았기 때문에 그 말에 강제력이 있다고 '보인' 것이다.

그 결과 단순한 서브 히로인에 불과한 메리 씨는 예속될 수밖에 없었다.

마치 과거의 나처럼.

"그, 그냥 수준 미달 히로인인 줄 알았는데…… 아니었나 보네? 시호는 혹시, 료마의 영향으로 히로인이 '된' 게 아니라 처음부터 히로인이었나? 그리고 나는 무의식중에 시호의 히로인 속성을 깨닫고 있었기에 경계해서 스토리에 끌어들이지 않으려고 한 거야? 메인 히로인의 힘에 방해받지 않도록, 서브 히로인으로서 최선을 다해 발버둥친…… 그런 역할의 캐릭터였던 거야?"

"메인 히로인? 캐릭터? 그건 무슨 소리야……. 이 세상은 소설이 아니야. 현실의 나는 다른 누구도 아닌 나야. 굳이 말하라면 코타로의 히로인이긴 하지만."

"……하하. 하하하하하하하하하!!"

이젠 웃을 수밖에 없는 모양이었다.

메리 씨는 망가진 것처럼 웃었다. 하지만 그 웃음은 바싹 말라붙어서, 긍정적인 감정은 일절 섞여있지 않았다.

"──등장인물이라는 것도 인식하지 못하는 주제에 나에게 설교하지 마."

미소가 확 뒤집힌다.

이번에는 무시하는 듯한 조소로 바뀌었다.

"뭐가 코타로의 히로인란 거야? 웃기고 있네. 거기 있는 건 주인공이 아니라 그냥 엑스트라야. 신분이 달라. 격이 달라. 세계가 달라. 수준도 급도 전부 안 맞는데, 그 사랑이 잘될까? 언젠가 반드시 파탄 나게 되어있어. 코타로가 메인 히로인을 사랑할 수 있는 인간이 될 수 있을 것 같아?"

도발하듯이, 자극하듯이, 시호를 불쾌하게 만들고 싶은 건지 필사적으로 나를 무시하는 메리 씨.

하지만 시호는 이미 제대로 상대하지 않았다.

"아까부터 무슨 소릴 하는 건지 잘 모르겠네. 그런 건 네가 그렇게 생각하는 것뿐이잖아? 나는 코타로를 엑스트라라고 생각하지 않아."

시호는 표정 하나 무너트리지 않고, 주눅 들지도 않고 단호하게 받아쳤다.

그런 그녀를 앞에 두고 메리 씨는 히죽 웃었다.

"언젠가 내가 한 말의 의미를 이해할 수 있을 거야."

심술궂은 미소를 남기고 그녀는 천천히 걸어 나갔다.

"그럼 이번에는 내가 진 걸로 할게. 마지막 정도는 광대다운 한 마디로 마무리 짓도록 할까. 그게 나에게 주어진 역할을 테니까."

나와 시호 옆을 스쳐 지나간 메리 씨는 돌아보지 않은 채 이렇게 말했다.

"──두고 봐. 이걸로 끝이라고 생각하지 말라고."

그것은 마치 억지였다.

패배를 깨달은 적 캐릭터가 죽을 때 저주를 남기는 것처럼 보였다.

나와는 다르게 끝까지 '스토리'의 역할에 철저하다. 마지막에는 비참한 악역다운 퇴장을 보여주었다.

……메리 씨는 별로 호감이 가는 인간은 아니지만.

그래도 마지막까지 자신을 바꾸지 않고 밀고 가는 그 의지는 순수하게 존경할 수 있을지도 모른다.

나와는 다르게 메리 씨는 끝까지 메리 씨였다.

그런 그녀를 불편해하긴 했지만.

솔직히…… 싫지는 않았다──.

제11화
내가 좋아하는 코타로는 '멋있는 코타로'가 아니야.

어느새 날이 완전히 저물어 있었다.

"계속 교실에서 너를 기다렸어."

창밖을 바라보며 시호가 작게 중얼거렸다.

"연극 때부터 왠지 상태가 이상해서 괜찮은지 걱정했거든……. 그런데 코타로와 만날 수가 없어서 조마조마해하며 널 찾아다녔더니 괴로워 보이는 류자키와 엇갈렸고…… 왠지 불길한 예감이 들던 때 이 교실에서 소리가 들렸어."

그래서 신경이 쓰여 빈 교실을 들여다보자…… 메리 씨가 나를 자빠트리고 올라탄 상태였다는 건가.

"다행이다. 이번에는 내가 코타로를 구할 수 있었어."

"응, 고마워."

시호 덕분에 정말로 살았다.

"하지만 이제부터 너에게 잔소리를 좀 해야겠어."

……그래, 알아.

그건 각오하고 있어.

"잠시 밖에 나갈까? 여기서는 조금, 기분이 안 내키니까."

시호는 그렇게 말하며 웃어주었다.

그 말과 표정은 조금 전까지 본 차가운 '시모츠키'가 아니라…… 평소처럼 따뜻한 '시호'였다.

◆

우리는 학교 옥상으로 자리를 옮겼다.

평소엔 사람이 많은 장소지만 지금은 한창 후야제 중이라서 그런지 아무도 없었다.

단둘이 있고 싶은 타이밍이었기에 딱 좋았다.

"으음, 조금 쌀쌀한가?"

그렇게 말하며 시호는 나에게 기대듯이 딱 붙었다.

"추우면 내 겉옷을……."

"아니야. 춥다는 구실로 아무튼 붙어있게 해달라는 뜻이지. 정말이지, 코타로는 눈치가 없다니까……. 별로 핫팩 대신 얌전히 있어. 내가 따뜻해지지 못하잖아."

옥상 난간에 기댄 나와 내 어깨에 기대는 시호.

그녀는 마치 나에게 매달리듯 팔을 꼭 붙잡으며 작은 목소리로 이렇게 속삭였다.

"──나는 너를 좋아해. 하지만 내가 좋아하는 너는 내취향의 네가 아니라는 걸 제대로 이해하고 있어?"

그렇게 사랑 고백과 동시에…… 시호의 '잔소리'가 시작되었다.

『내 취향의 너.』

그 말은 무슨 의미지?

"코타로는, 아마도…… '멋있는 코타로'가 되려고 했던 거지?"

"응, 시호에게 걸맞은 사람이 되려고……."

고개를 끄덕이고 이유를 설명하려 했다.

시호와의 관계를 진전시키기 위해 성장하려고 했지만.

"──그런 게 아니야."

그건 시호가 바라던 행동은 아니었던 모양이다.

"전에도 말했지? 나는 있는 그대로의 널 좋아해……. 그대로의 코타로가 좋아. 그런데 왜 너는 자기를 바꾸려고만 하는 거야? 더 멋있어지지 않아도 돼. 더 상냥해질 필요도 없어. 지금의 코타로로도 충분한데 왜 너는 지금의 자신으로는 안 된다고 믿는 거야?"

시호는 마음속 깊은 곳에 있던 내 생각을 감지하고 있다.

나는 뛰어난 인간이 아니니까 바뀌어야 한다……. 그런 사명감 같은 생각 자체를 시호는 부정했다.

"나는 무리하길 바라는 것도, 애쓰길 바라는 것도 아니었어. 내가 좋아하는 너는 있는 그대로의 상냥한 코타로니까…… 그런 네가 나를 좋아해 주길 바란 것뿐이니까."

아마 나는 또 '다른 나'로 대체하려고 했겠지.

"'내 취향인 코타로라면 나를 좋아할 수 있다'니. 그런 이유로 좋아하려고 하지 마. 내 마음은 이미 그 정도로는 감당이 안 되거든?"

그렇게 말하며 그녀는 한층 더 세게 내 팔을 붙잡았다.

자칫 통증이 느껴질 정도의 힘으로…… 강하게, 강하게 잡았다.

"나는 잘 들어주는 코타로가 좋아."

그러니까 화술이 능숙해지지 않아도 된다.

"나에게만 웃어주는 것도 좋아."

그러니까 사교적인 인간이 되지 않아도 된다.

"내가 잘못을 저지르면 제대로 지적해주는 점도 좋아."

그러니까 뭐든 받아들이는 포용력이 없어도 된다.

"내가 놀리면 바로 쑥스러워하는 것도 좋아."

그러니까 멋있어지지 않아도 된다.

"──그냥 전부 다 사랑해."

그러니까 변하지 않아도 된다.

시호는 나를 그런 식으로 좋아하고 있었다.

그런데 나는…… 아무것도 알지 못했다.

"물론 코타로의 마음을 의심하는 건 아니야. 나와 제대로 마주 보려고 한다는 것도 이해해. 그러니까 믿으려고…… 이번에도 코타로가 어떠한 일에 휘말렸다는 건 알았지만, 네가 열심히 하니까 믿고 눈치채지 못한 척했어."

그래서 시호는 틈만 나면 믿는다고 말했던 건가.

그 말은 나를 향한 신뢰가 아니라…… 자신을 타이르기

위한 말이었던 모양이다.

그런데 나는 '시호가 믿어주니까 내 행동은 옳다'고 착각하고 말았다.

그렇게 독단으로 스위치를 누른 결과 이렇게 시호를 슬프게 만들고 말았다. ……이것도 전부 내가 나를 온전히 믿지 못한 게 잘못이다.

"아니야. 코타로가 잘못했다고 하고 싶은 게 아니라……."

"아니, 하지만 나는——."

"너는 충분히 열심히 하고 있어. 코타로는 자신을 사랑하려고 노력했어……. 가끔 지금처럼 실패할지도 모르지. 하지만 그럴 때는 내가 정정해주면 되는 거였는데."

그렇다면 왜 틀리고 만 걸까.

"내가 망설였어. 코타로에게 하고 싶은 말을 하지 못했지. 참고, 너를 계속 믿었어……. 그렇게 안 하면 부담스러워할 것 같아서 무서웠거든."

그렇게 말한 시호는 더는 참을 수 없다는 듯…… 팔이 아니라 내 몸에 달라붙었다.

"나는 말이지, 코타로가 생각하는 것보다 더 너를 좋아해."

그 감정은 내 상상을 훌쩍 능가하는 것 같고.

"얼마나 좋아하냐면…… 엉망진창으로 만들어버리고 싶을 만큼 사랑해."

그 사랑은 자칫 나를 망가트려 버릴 만큼 흉포하고……

열정적인 것 같다.

"코타로가 나만 사랑하고 내 생각밖에 못 하게 될 정도로 좋아해 줬으면——그런 생각을 해. 하지만 그러면 코타로가 행복해지지 못한다는 건 알아. 그러니까 괜찮아. 잘 참고 있어."

그러고 보면…… 아즈사가 시호를 '얀데레'라고 칭한 적이 있었는데.

아즈사의 인식은 썩 틀리지 않았던 모양이다.

"그러니까 어중간한 감정이라면 분명 코타로는 내 사랑을 제대로 받아내지 못해서 망가질 거야. 그런 결말을 바라지 않으니까…… 참으면서, 하고 싶은 말을 하지 못했어."

그 탓에 요즘 시호는 어중간한 상태였던 건지도 모른다.

하고 싶은 말을 하지 않고 참았으니까…… 나와 그녀는 엇갈리고 말았다.

"하지만 그것도 틀렸던 거였나 봐. 참는 건 몸에 안 좋으니까…… 나도 결국 코타로를 온전히 믿지 못했어. 내 사랑을 받아주지 않는다고 정해놓고 혼자 멋대로 뚜껑을 덮어놨지."

"……나도 시호를 좋아해. 아직 네 마음에는 따라잡지 못했을지도 모르지만, 이 마음은 '진짜'야."

"그래, 알아. 그러니까, 응……. 이번에는 나도 잘못했어. 서로 실패한 거야. 잘 반성해야겠다, 그치?"

꼬옥 나를 끌어안는 시호.

그런 그녀의 머리에 손을 올리고 살며시 쓰다듬어주었다.

"응, 그렇게 코타로 쪽에서도 많이 사랑해줘."

지금까지 사양하느라 이런 건 하지 못했지만.

앞으로는 그런 부분부터 개선해갈 필요성을 느꼈다.

"……나는 아직 나를 완전히 좋아하지 못해. 이번에도 걱정 끼쳐서 미안해."

"그러게 말이야. 나를 더 좋아하라고. 이 무거운 마음을 받아두지 않으면 아무리 시간이 지나도 나는 만족할 수 없어."

"그래……. 조금 더 시간은 걸릴지도 몰라. 하지만 제대로 마주 볼게. 나 자신에게, 그리고…… 시호의 마음에."

"응, 기다릴게. 하지만 조급해하지 않아도 돼. 어차피 시간은 많이 있으니까……. 10년 정도라면 이렇게 감질나는 관계로 지내는 것도 나쁘지 않아."

"그렇게나 기다리게 하진 못하지."

그 말은 시호가 아닌——나를 향한 '맹세'였다.

나카야마 코타로로서 제대로 시모츠키 시호를 좋아한다.

애쓰지 않고, 있는 그대로의 나로 그녀의 사랑을 받아들인다.

그게 가능해진다면 분명…… 시호와의 관계도 진전할 수 있을 테니까.

"아, 하지만…… 이건 일찍 끝내놓는 게 좋겠어."

좋은 분위기로 마무리된 타이밍이었다.

둘이서 딱 달라붙어 평안을 얻고 있던 때…… 시호가 불쑥 그렇게 중얼거리며 고개를 들었다.

"무슨──."

소리냐고, 말을 맺지 못하고.

그 전에 시호가 내 입술을 틀어막았다.

"──다른 여자애한테 뺏기기 전에 네 입술은 내가 훔쳐놔야지."

물론 그것은 한순간이었다.

하지만 부드럽고 뜨거운 감촉은 입술에 선명히 남아있다.

"코타로의 '처음'은 아무에게도 양보하고 싶지 않으니까."

그렇게 말하며 시호는 자신만만하게 웃었다.

아니, 허세부리고 있지만…… 귀까지 빨개진 걸 보면 뒤늦게 아주 부끄러워진 모양이었다.

"……으, 응."

뭐, 나도 쑥스러워서 아무 말도 못 하게 되었지만.

우리는 서로를 바라보면서 꼼지락거리다가…… 그게 어쩐지 우스워서 그만 소리 내어 웃음을 터트렸다.

──이렇게 새 스토리는 막을 내렸다.

……역시 나와 시호의 러브 코미디는 망작이다.

이렇게 진전이 느린 스토리는 잘 없을 것이다.

하지만 그래도 괜찮다.

아니, 그게 좋다.

나와 시호에게 이건 '망작'이 아니다.

아무리 사건이 일어나지 않아도, 기승전결이 없어도, 드라마틱한 전개로 흐르지 않아도 괜찮다.

우리가 '행복'하다면 그것만으로도 이 스토리는 '걸작'이니까──.

파란만장한 문화제가 끝나고 완전히 일상으로 돌아왔다.

시호는 오늘도 그의 집에서 느긋하게 지내고 있었다.

액체가 된 고양이처럼 소파 위에 늘어져 있다.

"아즈냥, 리모콘 가져다줘. 뉴스 같은 걸 봤더니 머리가 어질어질해서 고장 날 것 같아. 이럴 때는 유아 채널을 보면서 뇌를 쉬어줘야 한다고."

"……직접 가져가지 그래? 아즈사는 간식 먹느라 바쁘다고."

테이블에 얌전히 앉아 케이크를 먹는 아즈사.

소파에 누운 채 그걸 바라보고 있었더니.

『꼬르륵.』

식욕이 소리를 내며 존재를 주장했다.

"……아즈냥, 아무리 먹보라고 해도 먹으면서 꼬르륵 소리를 내는 건 자제하는 게 좋지 않을까."

"아니거든?! 시모츠키의 배에서 난 소리를 아즈사에게 떠넘기지 마!"

"그럼 케이크 줘."

"안 돼! 이건 아즈사 거야! ……아니, 시모츠키는 아까 먹었잖아?"

"하, 하지만 맛있어 보이니까."

코타로가 문화제 때 다들 열심히 했다며 상으로 사 온 케이크는 평소 먹는 것보다 비싸고 아주 맛있었다.

그 맛을 떠올리며 시호는 무심코 일어났다.

"맞아……. 코타로의 케이크에 독이 들어있을지도 모르니까 확인하는 게 좋지 않을까?"

"자기가 먹고 싶은 것뿐이면서……. 하지만 만약 오빠가 안 먹겠다면 아즈사가 먹고 싶어라."

"오호라. 이건 즉, 누가 더 사랑받는지 정하는 때가 왔다는 거구나?"

"무슨 소리야? 시모츠키보다 아즈사가 더 사랑받을 게 뻔하잖아. 오빠는 아즈사를 아주 좋아하니까."

"자, 자신감이 제법인데? 좋아……. 이래야 내 시누이지."

그렇게 아즈사와 잡담하고 있었더니 빨래를 다 넌 코타로가 돌아왔다.

그 순간 즉각 그에게 달려갔다.

"코타로. 네 케이크 먹어도 돼?"

"아니, 오빠는 아즈사에게 줄 거지? 이렇게 귀여운 동생이니까 시모츠키보다 우선해줄 거지?"

"잠깐 기다려. 나도 코타로의 귀여운 친구거든? 끄응, 아직 친구라는 게 조금 불만이긴 한데 아무튼! 동생이 귀여운 건 이해할 수 있지만 여기선 날 우선해야 해."

""끄으응!""

서로에게 으르렁거리는 아즈사와 시호를 앞에 두고 코타로는 난처한 듯 뺨을 긁적였다.

"갑자기 뭐야……. 음, 즉 둘 다 케이크를 먹고 싶다는 거지?"

""누구에게 줄 거야?!""

"내가 먹는다는 선택지는 없구나."

온화하게 웃으면서도 코타로는 고민하듯 턱에 손을 올렸다.

그렇게 잠시 심사숙고한다 싶더니…… 천천히 시호를 보고 싱긋 웃었다.

"지난번에 아즈사의 푸딩까지 먹은 사람이 누구더라?"

"…………휙, 휘익~."

불지도 못하는 휘파람을 불며 시치미를 떼려고 했지만 코타로에게는 통하지 않았다.

"이번에는 아즈사에게 줘야겠다."

"만세!"

"크헉!"

아즈사는 만세하고 시호는 무릎을 꿇었다.

완패였다. 코타로와 아즈사의 '남매'라는 유대에 지고 말 았다.

"오빠 사랑해~ ♪ 시모츠키, 화이팅!"

"으즉!"

기쁜 나머지 아즈사는 낯 뜨거운 소릴 해버렸지만, 자각이 없는 모양이었다.

시호를 향해 우쭐댄 뒤 냉장고에서 코타로의 케이크를 꺼냈다.

그 뒷모습을 바라보며 시호는 참을 수 없어졌다.

"여, 역시 오래 알고 지내서 편애하는 거야? 코타로도 참, 나보다 동생을 우선하다니…… 너무해."

원래 시호는 속이 좁은 여자다.

자리에서 일어나 옆에 있던 코타로의 어깨를 잡고 흔들었다.

"코타로? 만약 내가 네 '소꿉친구'라서 가장 오랫동안 알고 지낸 인간이었다면 이럴 때 나를 선택해줄 거야?"

그에게 말하지 않은 진실을.

알려줄 생각이 없었던 사실을.

'……앗, 말해버렸다?!'

입이 미끄러지는 바람에 시호는 순간 패닉에 빠질 뻔했다.

이대로 사실은 어릴 때 만났었다고——밝히는 게 나은 건지 고민했지만.

"아니? 딱히 소꿉친구였어도 이번에는 아즈사를 선택했지……."

단순히 시호가 졌을 뿐이었다.

"이럴 수가."

그 사실에 충격을 받고 힘없이 주저앉을 뻔했다.

하지만 그런 시호를 코타로가 부축해주었다.

"저기, 시호보다 아즈사를 선택한 게 아니라…… 주말에 아키하바라에 가려고 하거든. 시호에겐 그때 다른 디저트를 먹게 해줄까──하는데."

딱히 아즈사를 우선한 것도, 시호를 선택하지 않은 것도 아니다.

그냥 기회를 따로 마련해주었던 모양이다.

"소꿉친구나 동생 같은 건 별로 관계없어."

아무렇지도 않은 표정으로 가장 기쁜 말을 해준다.

관계도, 함께한 시간도, 만난 순서도, 그런 건 전부 상관없다고.

"내게 시호가 소중하지 않을 리가 없잖아."

그 한마디에 시호는 즉각 기운을 되찾았다.

'역시 코타로는 나를 아주 좋아하는 거야.'

새삼 그걸 느끼자 가슴이 무척 따뜻해졌다.

"그, 그럼, 용서해줄게……. 정말이지, 코타로는 너무 대단하다니까. 덕분에 두근거렸잖아."

"고마워. 사랑해. ……라고 하면 더 두근거려?"

"치, 치사해."

심장이 입에서 튀어 나갈 것 같다.

그 정도로 코타로를 사랑한다.

"……우욱. 너무 달아서 설탕 토할 것 같아. 아즈사 앞에서 잘도 그런 쪽팔린 짓을 하는구나."

한편 새빨개져서 서로를 바라보는 두 사람을 보며 아즈사는 얼굴을 찌푸렸다.

"아, 안 돼 아즈냥! 너에게는 아직 일러."

"맞아……. 이럴 때는 시선을 돌려야지. 아즈사에게는 아직 이르니까."

"동갑인데?! 심지어 닭털을 날리고 있을 뿐이고 전혀 과격하지 않거든! 둘 다 아즈사를 몇 살이라고 생각하는 거야?"

"……10살 정도던가?"

"아니, 12살이야."

"15살이거든?! 진짜…… 오빠까지 놀리지 마!"

이번에는 다른 의미로 얼굴이 새빨개진 아즈사가 한 손으로 오빠의 어깨를 퍽퍽 때렸다. 그걸 코타로는 웃으면서 달랬다.

그런 두 사람을 보며 시호는 부드럽게 미소 지었다.

'언젠가 두 사람처럼…… 친구 이상의 관계가 되면 좋겠다.'

아직 지금은 친구일 뿐이지만.

언젠가 애인…… 아니, 더 다음 관계가 되고 싶다.

'나도 너의 '가족'이 되고 싶어.'

아즈사와 코타로처럼, 눈에 보일 것 같은 유대로 묶이고 싶다.

그렇게 기도하며 시호는 크게 뛰는 가슴을 꾹 눌렀다——.

여담
🏵 어떤 창작자(광대)의 양심

다들 안녕, 메리 씨가 왔어.

이제 와서 무슨 낯으로 등장하는 거냐니, 그런 심한 말은 하지 마.

이미 충분히 혼쭐났잖아? 그 정도로 참아줘.

자, 내 스토리 말인데…… 재, 재미있었을까?

불쌍한 착각 히로인의 말로, 하다못해 웃었기를 바랄게.

이걸로 내 스토리는 막을 내렸지만.

그렇다고 이대로 아무것도 하지 않고 물러나는 건 재미없지.

그래서 하다못해 괴롭혀볼까——하는데.

우선은 시호의 아버지가 일하는 회사를 무너트리기로 했다.

"……아, 여보세요? 파파, 부탁이 좀 있는데."

문화제가 끝나고 두 사람이 완전히 일상 파트를 즐기고 있을 무렵.

충격이 큰 나머지 집에 틀어박혀 있던 나였지만, 분노를 원동력으로 삼아 한 번 더 일어나 복수를 시도했다.

파파에게 부탁하면 어지간한 회사를 무너트리는 것쯤은 간단하다고 생각했는데.

"어? 지금 바쁘다고? 경영이 기울었다니…… 갑자기?
아니, 그런 거라면, 응. 알았어, 나중에 다시 전화할게."

 ……아무래도 파파가 경영하는 회사가 도산 위기에 처
한 모양이었다.

 어? 왜?

 그렇게 탄탄한 경영 체제를 자랑하고 있었는데?

 돈은 썩어날 정도로 많았는데…… 아무래도 이런저런
우연이 겹쳐져서 아주 이상한 방향으로 굴러간 듯했다.

 바로 사용인에게서 이야기를 들어보자 아무래도 일본에
서 전개한 사업에 실패한 게 계기가 되어 다방면으로 악영
향이 나왔다고 한다.

 일본이라면 그 여자가 원인인가……. 나카야마였던가?
그 사람, 수상하다고는 생각했지만, 아니나 다를까 파파의
발목을 잡았나 보구나.

 인정 없는 냉철한 사람이었으니까 다른 사람을 속이는
것쯤은 어렵지 않았겠지.

 "역시 코타로를 엑스트라로 만든 장본인이야."

 ……아니, 하지만 딱히 그녀가 모든 원인인 건 아닌가.

 계기이긴 했을지도 모르지만, 아버지의 회사는 개인의
힘으로 무너트릴 수 있을 만큼 작지 않다.

 무언가 신적인 힘이 작용했다거나. 그 정도로 말도 안
되는 일이다.

……아, 알겠다.

아마도, 파파의 회사가 망할 위기에 놓인 원인은 나다.

아니, 엄밀하게 말하자면 시호 때문이다.

그녀가 말했다.

『내 소중한 사람에게 손을 대면…… 너를 절대 용서하지 않아.』

그래서 그녀의 말대로──손을 대는 걸 스토리가 허락하지 않은 것이다.

그럴 게 뻔하다. 그게 아니라면 설명할 수 없다.

만약 무언가 하려고 한다면 소위 편의주의의 힘이 작용해서 이쪽이 짓밟힌다. 지금도 내가 무언가를 하려고 하는 바람에 이렇게 최악의 상황에 빠진 건지도 모른다.

만약 이 이상 불행해지고 싶지 않다면.

"아무것도 못 한다는 건가……?"

즉 이런 거겠지.

메인 히로인의 힘은 역시 절대적이다.

아아, 괴롭히지도 못한다니……. 이래서야 스트레스를 해소하지도 못할 것 같잖아. 조금 더 얌전히 있으라는 건가?

코타로, 시호……. 이 원한은 절대 잊지 않겠어.

두고 보라고!

……이런 식으로 광대다운 우스꽝스러운 멘트와 함께 스토리를 끝내기로 할까.

그럼 읽어줘서 고마워.

나는 즐겁지 않았지만, 하다못해 너희가 즐거웠기를 바
라――.

후기

어쩌면 제 집필 인생에서 가장 좋은 작품을 쓴 건지도 모릅니다. 아마 이 작품 이상의 이야기는 앞으로 못 쓸 거야……. 그런 생각이 들 만큼 쓰는 맛이 나는 작품이었습니다! 부디 여러분께서 즐겁게 읽어주셨기를 바랍니다.

담당 편집자님. 1권에 이어서 여러모로 감사합니다. 제 귀찮은 의견도 잘 들어주셔서 기뻤습니다. 앞으로도 잘 부탁드립니다!

일러스트를 맡으신 Roha님. 여전히 일러스트 전부가 고퀄리티라서 매번 놀랐습니다. 제 상상 이상으로 캐릭터를 예쁘게 그려주셔서 감사합니다!

마이크로매거진사 여러분. 영업, 홍보 등 정말로 감사합니다. 제 고향 가게에 색지를 걸어주셨을 때는 감동해서 눈물이 날 뻔했습니다!

그리고 마지막으로 이 작품을 읽어주신 독자 여러분!

SNS에서 언급해주시는 분들. 2권도 읽어주셔서 너무 기쁩니다!

정말로 감사합니다. 앞으로도 잘 부탁드립니다!!

Shimotsuki san wa mob ga suki 2
©2022 by Yagami Kagami, Roha
All rights reserved.
First published in Japan in 2022 by MICRO MAGAZINE, INC.
Korean translation rights reserved by Somy Media, Inc.

시모츠키는 엑스트라를 좋아한다 2

2023년 12월 15일 1판 1쇄 발행

저　　　　자	야가미 카가미
일 러 스 트	Roha
옮 긴 이	이소정
발 행 인	유재옥
이　　　　사	조병권
출판본부장	박광운
편 집 1 팀	박광운
편 집 2 팀	정영길 조찬희 박치우 정지원
편 집 3 팀	오준영 이해빈 이소의
디자인랩팀	김보라 박민솔
디지털사업팀	박상섭 김지연 윤희진
라이츠사업팀	김정미 맹미영 이윤서
영업마케팅팀	최원석 박수진 박소연
물 류 팀	허석용 백철기
경영지원팀	최정연
인쇄제작처	㈜코리아피엔피
발 행 처	㈜소미미디어
등　　　　록	제2015-000008호
주　　　　소	서울시 마포구 토정로222, 403호 (신수동, 한국출판콘텐츠센터)
판매 및 마케팅	(070) 8822-2301

ISBN 979-11-384-8120-5
ISBN 979-11-384-8047-5 (세트)